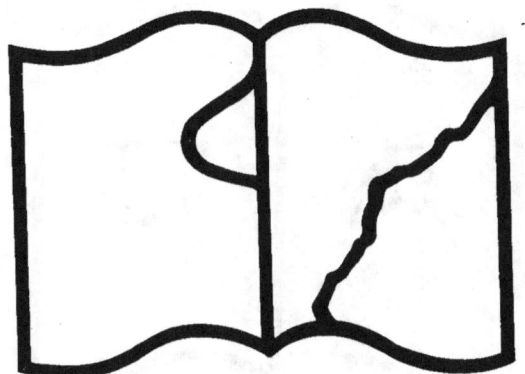

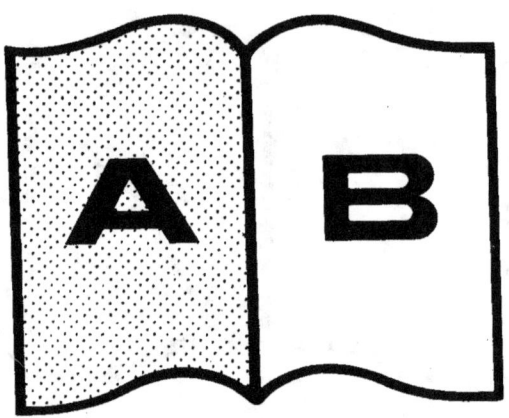

Contraste insuffisant

NF Z 43-120-14

A TIRE D'AILES

QUATRIEME SÉRIE. — Format grand in-8°.

NOUVELLE BIBLIOTHÈQUE ILLUSTRÉE DE VULGARISATION

A TIRE D'AILES

PAR

ED. D.-LABESSE

Un volume orné de nombreuses gravures sur bois.

PARIS

LECÈNE, OUDIN ET Cⁱᵉ ÉDITEURS

17, RUE BONAPARTE, 17

1892

Merle et sa femelle.

MONSIEUR, MADAME
ET BÉBÉ

Monsieur était du plus beau noir, avec un bec arqué d'un jaune vif.

C'était un merle, comme son signalement vous l'a sans doute révélé : un merle de forte taille, à poitrine charnue et rebondie, qui aurait pu figurer avec honneur en qualité de pigeon à *la bour-*

guignote sur la note de n'importe quel aubergiste morvandiau.

Il avait dû connaitre les horreurs de la servitude, car ce n'était certainement pas dans son bosquet natal qu'il avait appris à siffler : *J'ai du bon tabac ; Marie, trempe ton pain*, et *Malbroug s'en va-t-en guerre*.

Cette dernière mélodie n'était pas sans causer quelque embarras au virtuose, mais *Marie trempe ton pain* était pour lui une sorte de fanfare triomphale qu'il entonnait dans les occasions décisives, et avec quel brio ! quelle maëstria ! *sol, sol, si ! sol, sol ! sol, sol, si ! sol sol ! fa, sol la !*..... un *fa* dièze, s'il vous plait, et toujours très pur.

Madame était svelte et mignonne, brune sur le dos, brun roussâtre en dessous, avec des taches plus foncées sur la poitrine, vive, fantasque, habile à fouiller le terreau de son bec brun, afin d'y trouver des friandises pour Bébé.

Quant à ce dernier, seul survivant d'une unique couvée, rendue tardive par la prolongation des froids, c'était bien le plus affeux vaurien qu'on pût imaginer : effronté, pillard, gourmand, tapageur comme les moineaux dont il faisait sa société ordinaire.

On n'avait pas besoin de le voir courir à la recherche des limaces pour savoir où il était ; il aurait fallu être sourd pour ne point l'entendre glapir ses incessants *tchia ! tchia ! tchia !*

Or, justement au-dessous de ma fenêtre, s'étendait une treille d'un chasselas merveilleux dont j'avais fait venir le plant de Thomery même.

'Ma treille commençait à donner des fruits, et quels fruits ! Si l'automne ratifiait les promesses faites par l'été, je comptais bien qu'ils me vaudraient la médaille d'or à l'exposition cantonale ; aussi je les soignais ! un avare n'eût pas mieux veillé sur son trésor.

D'autres que moi guettaient avec impatience l'apparition des premiers signes de maturité dans le beau chasselas : c'était la famille Merle.

Monsieur, Madame et Bébé avaient fait de la treille le théâtre constant de leurs ébats : le matin, ils y procédaient à leur toilette, tout en butinant, sous les pampres, des chenilles et des colimaçons dont je n'étais pas fâché d'être débarrassé d'une manière ou d'une autre ; dans la journée, ils s'abritaient dessous pendant la trop grande chaleur, et ne regagnaient qu'au crépuscule l'abri qu'ils s'étaient choisi sous le massif de rhododendrons, non loin du sorbier sur lequel Bébé était éclos à la lumière, seul de trois jolis œufs couvés avec amour.

C'était probablement parce qu'il était fils unique et que sa famille n'avait pas de parents dans le voisinage qu'il n'avait pas pris parti et tiré de son côté au sortir du nid, suivant la coutume établie chez les merles ; toujours est-il qu'il ne quittait pas Madame sa mère, laquelle se tenait sans cesse aux côtés de son époux, et que tous les trois avaient élu domicile dans ma treille.

Comment éloigner les pillards ?

Il y avait, dans le grenier, un buste d'Apollon dont mon père m'avait fait présent jadis, lorsque j'avais commencé à dessiner la bosse ; le dieu du jour et de la poésie me parut très propre à faire un épouvantail, surtout en l'agrémentant d'un bout de costume.

Je descendis donc mon Apollon, devenu camus par la suite des temps, je l'installai bien en vue sous la treille, et je le coiffai d'un vieux bonnet à poil un peu rongé des mites, autour duquel j'avais attaché une frange de cordons, de lacets et de bouts de papier de toutes couleurs qui voltigeaient au moindre souffle de brise.

Avec sa face pâle de bonhomme de plâtre, son nez cassé, sa fantastique coiffure, Apollon, ce type le plus parfait de la beauté humaine, — à ce que disait mon professeur de dessin, — était devenu aussi hideux qu'un chef Peau-Rouge paré de son costume de guerre.

Très satisfait du résultat de mon industrie, je remontai bien vite m'embusquer derrière les vitres de ma fenêtre, afin de surveiller les mouvements de l'ennemi.

L'or du soleil apparaissait à peine derrière le voile rose de l'aurore, que les affreux *tchia ! tchia ! tchia !* de Bébé m'annoncèrent le réveil de la famille.

Tous trois étaient au milieu de la pelouse, occupés

à planter mon gazon les racines en l'air, exercice
agréable par lequel ils commençaient, en général,
leur journée de déprédations.

De la pelouse, ils passèrent dans une corbeille de
géraniums qu'ils piétinèrent consciencieusement,
puis dans l'allée, où je les vis trottiner gaiment vers
la treille avec de petits hochements de queue vifs,
saccadés et tout à fait spirituels.

Monsieur marchait en tête, ainsi que l'y obligeaient
sa dignité et ses devoirs de chef de famille.

Il ouvrit les ailes, tendit les jarrets et s'enleva pour
aller se percher sur la treille. A mi-chemin, quelque
chose d'inaccoutumé vint éveiller sa défiance naturelle ; il s'arrêta dans son élan.

— Qu'est-ce que cela ? avait-il l'air de dire, en vole-
tant à distance, les yeux fixés sur Apollon-Galibis.

Au coup de sifflet qu'il lança, Madame battit en
retraite vers la pelouse, poussant son fils devant
elle. Elle tournait autour du cher rejeton avec des
battements d'ailes rapides, des regards effrayés et
de furtifs *tchi, tchi, tchi*, destinés sans doute à instruire l'enfançon des dangers qu'il pouvait courir en
s'envolant à l'étourdie sur la treille.

Bébé comprit : il resta coi, un peu effaré de l'effarement de sa mère, et cessa même ses *tchia ! tchia !*
pour un moment.

Papa Merle, se décidant à fuir, rejoignit sa famille
sur la pelouse.

Une conversation à voix basse s'engagea entre Monsieur et Madame ; le dialogue me parut pouvoir être traduit ainsi — ou à peu près :

Madame. — Bébé a envie de raisin.

Monsieur. — Il y a, là-bas, un être effroyable qui garde les grappes mûres.

Madame. — Il n'est peut-être pas aussi dangereux qu'il en a l'air.

Monsieur. — Il est sage de se défier de ce qu'on ne connait pas ; je n'ai jamais rien vu de pareil.

Madame. — On pourrait toujours aller s'assurer des intentions de ce gardien.

Monsieur. — Brr !

Madame. — Ah ! si j'étais un merle au lieu d'être une faible merlette !

Bébé. — J'veux du raisin, j'veux du raisin ! j'en veux, moi, na !

Madame. — Ton père est trop poltron, mon chéri. Tais-toi, il ne faut pas faire honte à papa.

Tout en refusant d'exposer sa précieuse personne, Monsieur ne cessait de guigner, du coin de l'œil, du côté de l'épouvantail. La brise était tombée, la frange ne remuait plus et l'Apollon demeurait impassible.

Sentant le courage rentrer en son cœur, papa Merle alla, d'une seule envolée, se percher juste au-dessus de l'ennemi, et, de là, explora tranquillement du regard le dessous de la treille à travers les interstices des feuilles derrière lesquelles il avait soin de se dissimuler.

Rien ne bougea ; papa Merle, enhardi, glissa son bec entre deux feuilles : Apollon restait immobile ; la tête suivit le bec, le cou suivit la tête ; le bonhomme de plâtre ne s'inquiéta pas davantage.

— Hum ! fit Monsieur, dans son langage, il paraît plus laid que méchant ! faisons-lui une niche, pour voir ! Et il secoua de toute sa force le sarment sur lequel il était perché.

La rosée qui couvrait encore les pampres, à cette heure matinale, tomba en fines gouttelettes sur l'épouvantail qui ne tressaillit même pas.

— Sol, sol, si ! sol, sol ! sol, sol, si ! sol, sol ! fa, sol, la l la, ré, ré, si ! sifflota Monsieur *sotto voce*.

Marie trempe ton pain ! papa Merle avait reconnu l'artifice ; il triomphait.

Madame expliqua à Bébé que papa étant content, elle croyait pouvoir supposer que lui, Bébé, aurait bientôt du raisin.

Monsieur quitta son poste d'observation sur le dessus de la treille, alla faire un bout de conversation avec sa femme et son fils, puis les quitta de nouveau pour se livrer à de nouvelles tentatives de liaison avec le personnage inconnu dont la présence l'étonnait encore un peu, mais ne l'effrayait plus guère.

Il s'arrêta sur l'extrême bord de la treille, penché en équilibre, presque la tête en bas, considérant l'épouvantail tantôt de l'œil droit, tantôt de l'œil gauche, avec de petits coups de sifflet malicieux.

Presque complètement rassuré, il pénétra sous la treille et se mit à décrire autour du bonnet à poil des cercles de plus en plus rapprochés, puis s'arrêta à peu de distance pour jeter aux échos son chant du matin.

Je commençais à me croire battu ; j'eus bientôt la certitude de ma défaite en voyant papa Merle perché sur la tête même de l'Apollon, où son bec jaune d'or se détachait seul sur la noire fourrure de l'ourson. Il chantait à plein gosier son hymne de triomphe : *Marie, trempe ton pain !*

Quand il l'eut achevé, il battit des ailes et appela Madame et son fils par de sonores *tchia ! tchia !*

Tous deux accoururent ; la famille se moqua gentiment de l'impuissance du farouche bonhomme ; Bébé, l'effronté gamin, poussa même l'insolence jusqu'à lui faire un pied de nez à sa manière. L'odieuse balafre ne fit qu'augmenter l'aspect lamentable du dieu du jour : c'était navrant !

La gaîté de Bébé s'en augmenta ; Madame paraissait pleiné d'admiration pour l'audacieuse conduite de son fils, et papa Merle, en oiseau pratique, picotait les raisins transparents pour s'assurer qu'ils étaient suffisamment mûrs.

— Qu'auriez-vous fait à ma place ?

. . . .

Eh bien ! non, je fus lâche ! Je laissai piller mon chasselas jusqu'à la dernière grappe, jusqu'au dernier grain.

Cela ne m'empêcha pas d'avoir la première médaille, mais ce fut avec une corbeille de chasselas
que j'avais fait venir clandestinement de Thomery,
de chez mon cousin Casimir Lucotte. Cela ne lui
faisait rien, à cet homme ; il n'exposait pas dans
notre canton, et puis, il avait exigé de son raisin un
prix égal à la valeur de la médaille.

Après la vendange, l'hiver ne se fait pas attendre ;
quelle résolution allait prendre la famille. Merle dès
que les frimas seraient venus ?

Partirait-elle seule ou en compagnie de ses cousi-
nes les grives ? resterait-elle, comme restent quelques merles, pour souffrir le froid et la faim, sans
oser se mêler aux bandes de moineaux, pour mourir
peut-être !

Au fond du cœur, je désirais la voir rester. Monsieur était plus ventru, Madame plus mignonne que
jamais ; Bébé, débarrassé de la livrée de l'enfance,
était aussi beau que son père ; il commençait à
s'essayer au chant, en sifflant discrètement les chansons de papa Merle. C'était des amis que j'allais
perdre et pour toujours sans doute, car il n'était
pas probable qu'ils revinssent au printemps suivant,
malgré les charmes de ma treille.

Au lieu de chercher, comme autrefois, les moyens
de les éloigner, je songeais à ceux de les retenir.

Si papa Merle avait noblement fui la cage plus ou
moins dorée dans laquelle il avait été enfermé aux

jours de sa jeunesse, il n'en avait pas moins conservé
quelques-uns des vices de l'esclavage ; il aimait la
paresse, le bien-être, surtout la bonne chère.

Il suffit, dit-on, de flatter les passions des hommes
pour se les asservir ; supposant que le moyen
pourrait également réussir auprès des oiseaux, je fis
tous les matins une traînée de chènevis, de
sarrasin, de menus morceaux de pain, depuis le
massif de rhododendrons jusqu'à une cage d'osier,
sans porte, que j'avais dissimulée sous un amas de
feuilles dans le coin le mieux exposé de la treille.

Il va sans dire que la cage contenait toujours une
abondante provision de mets délicats : grains de
raisin, figues, olives fraîches, vermisseaux, colimа-
çons, tout ce dont je pouvais m'aviser en consultant
les auteurs les plus autorisés parmi ceux qui ont
étudié de près les mœurs des passereaux den-
tirostres en général, et celles des merles en particulier.

Peu à peu, je fis ma traînée plus courte et plus
clairsemée, puis je la supprimai tout à fait. Je pus
constater alors que le garde-manger préparé par
mes soins, était assez familier à la famille Merle pour
qu'elle s'y rendît tous les jours sans hésitation.

Je n'avais jamais craint, du reste, d'effrayer papa ni
maman Merle avec la vieille cage, je les avais vus
plus d'une fois rendre visite à un couple de tourterelles qui s'étaient établies dans un panier oublié sous

un massif et y avaient élevé en paix plusieurs couvées. Les merles ne dédaignaient pas la nourriture des tourterelles, et, quand le panier était vide, Bébé se pelotonnait avec plaisir dans le matelas de mousse mêlée de duvet qui le garnissait.

Les derniers visiteurs d'été et d'automne étaient partis, il ne restait plus dans le jardin que les moineaux et quelques rouges-gorges ; les massifs dépouillés de feuilles n'offraient plus un abri suffisant à la famille Merle, qui prit l'habitude de se réfugier, pour la nuit, dans la cage où l'on pouvait dormir perché sur un bâtonnet et la tête sous l'aile, sans craindre la pluie ni le vent.

Un matin qu'il avait gelé dur et qu'une bise glaciale soufflait sur le pays, je vis les pauvres oiselets blottis sur leur perchoir, tout ébouriffés, les pattes noyées dans les plumes, l'œil vacillant et se serrant les uns contre les autres pour se réchauffer. Pris de pitié, je m'approchai bien doucement, je saisis la cage et je l'emportai avec des précautions infinies.

Ma présence dans le jardin était si familière aux oiseaux qu'ils se laissèrent transporter sans trop s'effaroucher. Je les déposai triomphalement sur une console, à côté d'une jardinière pleine de fleurs.

Ils n'étaient pas là depuis un quart d'heure que papa Merle et son fils, pénétrés d'une chaleur agréable, se mirent à siffler en duo, pendant que maman

Merle s'aventurait avec de petites mines discrètes jusque sur le seuil de la cage.

N'étant pas enfermés, ils ne se sentaient pas captifs, et vécurent là, paisiblement, jusqu'au jour où la douceur de la température permit de les remettre dans le jardin.

Ils avaient si bien pris l'habitude de dormir sur le bâtonnet de leur cage qu'ils continuèrent à s'y percher le soir, au lieu de retourner à leur ancien domicile, dans le massif de rhododendrons.

Le printemps ramena les petits chanteurs emplumés ; c'était tous les jours quelque nouvel arrivant : loriot, verdier, fauvette, pinson, bouvreuil, chardonneret, rouge-queue, linotte, bergeronnette, rossignol, grives chanteuses remontant par couples vers le nord, et toujours point de merles.

Depuis que ses parents s'occupaient de bâtir un nouveau nid, Bébé était dans un isolement qui faisait peine à voir.

Il s'était bien lié d'amitié avec deux grives qui, retenues sans doute par l'aspect engageant de mes cerises, faisaient mine de s'installer dans mon jardin pour la saison ; mais l'amitié ne remplace pas les douces joies de la famille, et c'était ces joies-là dont le pauvre Bébé semblait devoir être à jamais privé.

Un beau jour, les grives disparurent ; je leur souhaitai bon voyage, tout en m'étonnant que des voleurs de cette espèce fussent partis juste à l'heure

du pillage. Où étaient-elles allées ? Je l'ignore encore ;
pas bien loin sans dout, car elles ne tardèrent pas
à revenir, accompagnées cette fois d'une jeune et
jolie merlette avec laquelle elles se promenaient sur
la pelouse en caquetant gentiment.

Papa Merle se montra le premier sur la pelouse
pour savoir d'où venait tout ce caquet au milieu
duquel il lui semblait distinguer une voix étrangère.
Maman Merle, qui n'était pas moins curieuse, s'approcha à son tour, et après une courte conversation,
elle appela Bébé, auquel la nouvelle venue fut pré-
sentée avec force trémoussements, battements d'ailes, clins d'yeux et coups de gosier.

La compagnie s'envola bientôt faire le festin des
fiançailles dans mes cerisiers, et, de ce jour, Bébé ne
dormit plus seul dans la vieille cage sous la treille ;
la jolie petite merlette y sommeillait à ses côtés.

Des gazouillements affairés et joyeux partis d'une
haie d'aubépine m'annoncèrent, peu de temps après,
que Bébé et sa compagne travaillaient à leur premier nid.

C'était une grosse affaire pour ces constructeurs
inexpérimentés ; la coupe de torchis entremêlé de
brindilles dans laquelle ils devaient abriter leurs
petits leur donna beaucoup de peine à édifier ; encore
aurait-on pu lui reprocher son manque de régularité.
Heureusement le berceau fut achevé à temps ;
Madame Bébé y déposa quatre jolis œufs et se mit à

---

couver avec assiduité, encouragée dans sa tâche par les chants joyeux et tendres du jeune père.

Au bout de quelques semaines, les petits annoncèrent leur éclosion par de faibles piaulements. Les merlots ne démentaient pas leur race ; ils étaient doués d'un si robuste appétit que Bébé et sa merlette n'arrêtaient pas de courir aux provisions et de remplir les quatre becs béants au bord du nid.

Je ne pouvais m'empêcher de penser que l'énorme quantité de vers, d'insectes, de limaces dont ces jeunes affamés me débarrassaient alors, pouvait bien leur faire pardonner d'avance les dégâts qu'ils commettraient plus tard dans les treilles et le verger. Je commençais à voir dans le merle un oiseau calomnié qui, s'il n'est pas utile, est tout au moins indifférent au forestier comme au jardinier.

Je parle de l'espèce, bien entendu, car l'indifférence ne pouvait exister lorsqu'il s'agissait de la jolie famille dont les faits et gestes m'intéressaient tant.

On avait quitté le nid, les jeunes criaient *tchia !* *tchia ! tchia !* tout le jour durant, en épluchant les corbeilles et les plates-bandes ; Bébé leur avait appris le chemin de la vieille cage où tous s'endormaient côte à côte le soir.

Que vous dirai-je ? si j'avais tremblé, l'année précédente, à l'idée de voir partir Monsieur, Madame et Bébé, je redoutais encore bien plus alors le départ de Bébé et de ses enfants.

Une nuit, j'ai enlevé furtivement le vieux panier, je l'ai accroché au mur du vestibule et j'y ai mis une porte.

Rassurez-vous, je n'ai pas complètement abusé de la confiance des innocents oiseaux, leur porte n'est obstinément close qu'au temps de la chasse et de l'émigration ; hors de là, elle s'ouvre pour leur permettre d'aller s'ébattre au soleil.

J'ai entrepris de doter Bébé d'autant de talents qu'en possède son père. Dans cette intention, je me suis d'abord évertué à siffler une foule de jolies mélodies, mais j'ai été forcé de reconnaître mon manque d'aptitudes, je n'ai jamais pu attraper un air. J'ai essayé du flageolet, il a fallu y renoncer aussi, ma femme prétendait que cet instrument lui rappelait trop le cabaret du village, les jours de foire ; j'ai fini par me décider à faire l'acquisition d'une serinette.

Tous les soirs, dans l'ombre, quand Bébé et ses fils sont alignés sur le perchoir comme autant de boules soyeuses, je tourne la manivelle avec acharnement. Je tourne, je tourne, et Bébé étudie accompagné des *tchia ! tchia !* aigus mais charmants de sa jeune lignée.

Un des petits est atteint d'albinisme (1), cela n'est

(1) *L'albinisme* est une anomalie d'organisation chez les hommes et les animaux, qui consiste dans la diminution ou même l'absence totale de la matière destinée à colorer la peau, les cheveux, les plumes, etc.

pas rare chez cette espèce d'oiseaux ; mais le vrai merle blanc de la famille, c'est encore Bébé, qui phrase à ravir ses chansons et s'est appris, tout seul, à m'appeler par mon nom, un nom pas commun : Zéphirin.

A l'automne prochain, il sifflera *Marie trempe ton pain* plus triomphalement encore que son père en picorant les raisins de ma treille, — s'il réussit, toutefois, à les attaquer à travers le filet dont j'ai déjà recouvert les belles grappes pendantes, car il faut songer à tout et ne point sacrifier sa vigne au plaisir d'entendre siffler les merles.

LA CHANSON DE LA GRIVE

Le grand pin s'élevait si haut au-dessus des cimes feuillues du
bois taillis, qu'il ignorait depuis de longues années ce qui se passait
au-dessous de lui, dans les profondeurs vertes de la forêt.

Le hibou pouvait y abriter sa couvée au creux des chênes, la pie

défiante pouvait y édifier, à grand bruit, de faux
nids, destinés à dérober la connaissance du lieu
où elle bâtissait silencieusement la demeure dans
laquelle elle cachait sa progéniture à tous les yeux ;
les feuilles pouvaient tomber et reverdir, les fleurs
s'épanouir et faire place aux fruits, les papillons
ramper sous la forme de chenilles, dormir, immobiles
chrysalides, dans leur nid de soie, ou voltiger dans
l'air sur leurs ailes diaprées ; peu importait au grand
pin, il planait trop haut pour rien savoir de toutes
ces choses.

Aux humbles, aux petits, de s'occuper de tout
cela. Lui conversait avec le soleil d'or, avec les blanches nuées qui couraient dans les espaces bleus du
ciel, avec le vent ailé qui passait, portant aux conti-
nents les brumes de la mer, à la mer les brouillards
empestés des villes.

Il n'entendait même pas la voix du fleuve qui, descendu des montagnes prochaines, roulait en mugis-
sant, sous les ombrages de la forêt ; il n'apercevait
pas l'homme creusant le sein de la terre pour la
rendre plus fertile, émondant les arbres feuillus
pour les rendre plus vigoureux, abattant les grands
pins pour en faire les mâts de ses navires.

Le grand pin s'élevait si droit, si majestueux, qu'il
se croyait à l'abri de toutes les attaques, de toutes les
infortunes.

Quand l'ouragan se précipitait, brisant et rava-

geant tout sur son passage, le grand pin se redres-
sait, plus fier que jamais de sa haute stature et de
son robuste tronc.

Un jour d'automne, un orage furieux s'acharna
sur la cime du grand pin dont il fit voler au loin les
aiguilles et les jeunes rameaux.

L'arbre se vit avec douleur dépouillé, comme il se
souvenait d'avoir, jadis, vu les chênes, alors qu'il ne
dominait pas encore la forêt de sa tête altière.

Eh quoi! si grand qu'on fût, on était donc exposé
aux rigueurs du sort comme les arbrisseaux des
champs!

Le pin se désolait d'avoir perdu sa parure éternel-
lement verte, de ne plus sentir s'agiter, de ne plus
entendre bruire les rameaux jeunes et souples dont
l'avait privé le vent d'orage.

Pendant qu'il gémissait sur ses blessures, deux
grives vinrent se poser sur sa cime brisée. L'une
était un jeune mauvis aux flancs roux, à la poitrine et
au ventre blanc, tout marqueté de noirs fers de lance;
l'autre était une litorne déjà expérimentée. Toutes
deux chantaient d'une voix harmonieuse.

Le chasseur écoutait la chanson et disait : — Voici
les grives revenues, je me mettrai en course demain
avec mon brave chien; ma femme aura, le soir, un
fin rôti à nous servir.

— Gare à mon raisin ! pensait le vigneron ; les
vilains oiseaux vont s'enivrer de mon vin avant moi,

si je n'y mets ordre, et il tendait des rêts entre les ceps pour attraper les grives descendues des pays du Nord.

— Voici les grives ! l'hiver n'est pas loin, gazouillaient les derniers retardataires parmi les oisillons voyageurs. Voici les grives ! hâtons-nous de partir si nous ne voulons pas périr de froid et de faim.

Le chasseur croyait que les grives chantaient pour chanter ; le vigneron, préoccupé de ses seuls vignobles, s'imaginait qu'elles s'exhortaient à piller ses raisins ; mais les petits passereaux des bois et le grand pin comprenaient ce qu'elles disaient entre elles.

Lorsqu'il était encore dans l'éclat de son orgueil et de sa parure, le grand pin n'aurait certes pas fait attention à la présence ni au babillage d'un petit mauvis et d'une litorne ; souffrant et meurtri comme il l'était alors, il savait gré aux deux grives d'être venues se reposer sur sa cime brisée.

— *Hit, ki, ho ! Hit, ki, ho !* chantait la litorne ; après la pluie, le beau temps !

— Oui, oui ! répondait le mauvis ; mais après le beau temps, l'orage. Ces deux vérités sont aussi banales l'une que l'autre.

Eh quoi ! tu commences la vie et déjà tu désespères ! Es-tu le seul dont les espérances se soient envolées ? L'arbre n'est pas toujours vert, le jardin paré de fleurs, les guérets couverts d'épis ; console-toi, pauvre enfant. Il y a plus de jours de soleil que de jours

d'orage; l'épreuve vaillamment supportée est quelquefois la source d'une joie plus grande que la joie
perdue.

— *Hit, ki, ho!* *hit, ki, ho!* cria dans le lointain une
autre grive.

A ce signal, le mauvis et la litorne s'envolèrent
chacun dans une direction différente.

Le grand pin reprit le cours de ses tristes ré-
flexions.

— Quelle joie pourrait m'apporter l'épreuve que
m'a fait subir l'ouragan? pensait-il; mes jeunes
branches sont cassées, le bourgeon vert qui devait
me permettre de monter plus haut encore, est détruit;
je n'ai plus rien à espérer, sinon de mourir lentement,
dévoré par les lichens et miné par l'humidité.

L'espoir est bon, la vaillance est bonne, mais
l'illusion est mauvaise; quand l'infortune est irré-
médiable, il faut oser se l'avouer.

Renfermé dans sa douleur, le grand pin ne s'apercevait pas des changements survenus à ses pieds.
Les plus grands arbres de la forêt avaient été abattus par les bûcherons, il n'y avait plus que des
buissons là où s'élevaient les hêtres et les chênes,
quelques semaines seulement auparavant. Le bruit
de la cognée s'abattant sur les robustes souches
tenait l'écho éveillé pendant tout le jour, les troncs
s'entassaient sans relâche, au bord du fleuve qui
devait les transporter, au printemps, quand les eaux

seraient grossies des pluies d'hiver et de la fonte des
neiges dans la montagne.

Le tour du grand pin était arrivé ; le malheureux
fut arraché à sa torpeur par la morsure d'une scie
dont les dents acérées entamaient son écorce.

— N'ai-je donc point encore assez souffert? pensa-
t-il ; quel est ce nouvel ennemi ?

La scie mordait, mordait toujours plus profondément ; elle pénétra de l'écorce au liber, du liber à
l'aubier, de l'aubier au vrai bois. Les bûcherons
jugèrent alors que la blessure faite par la scie était
assez large ; ils prirent des cognées et sapèrent à
coups redoublés le pied du grand pin.

— C'est ma dernière épreuve ! se dit l'arbre ; après
celle-là, je n'ai plus rien à attendre ; et il rendit sous
les cognées ce bruit sourd qui est le cri de douleur
des arbres qu'on abat.

Malgré son angoisse, son attention fut détournée
de lui-même par un chant d'oiseaux : *Hit, ki, ho !
hit, ki, ho !*

C'était une grive de l'espèce des draines ou grives
de gui.

Elle jetait ce double appel pour indiquer à sa famille
le refuge qu'elle avait trouvé en fuyant le chasseur.

Sa femelle et ses enfants accoururent à tire d'ailes.

— *Hit, ki, ho ! hit, ki, ho !* disaient, entre eux, les
jeunes. Que l'homme est traître et méchant ! Nous le
délivrons d'assez de vers et d'insectes, quand nous

nous mettons à l'ombre auprès des haies, pour qu'il nous ait quelque reconnaissance. Tout au contraire, il nous traque en se dissimulant sous les branches, il nous tue et nous mange. *Hit, ki, ho! Hit, ki, ho!* Que la vie est amère !

— Bah ! fit le père, après la pluie le beau temps ; une épreuve vaillamment supportée peut devenir la source d'un grand bien. C'est aux lâches seuls que la vie est amère.

Vous avez fait connaissance aujourd'hui avec le chasseur. Sachant qu'il est à craindre, vous épierez ses mouvements de plus loin qu'il ne vous guette, car votre vue est plus perçante que la sienne; vous apprendrez à distinguer son appeau de la voix des grives et des merles ; vous vous exercerez à déjouer ses ruses par vos feintes, à fatiguer son chien en tenant longtemps l'arrêt, à vous confier à temps à la légèreté de vos ailes pour fuir le plomb de son fusil.

Du courage, mes enfants! Danger connu est plus d'à moitié conjuré.

Les exhortations du chef de famille trouvaient peu d'écho dans l'esprit épouvanté des jeunes draines ; la mère hasarda un faible cri d'assentiment, mais elle avait été encore plus effrayée que ses petits, car elle avait tremblé pour eux en même temps que pour elle.

Le père reprit la parole, après un moment de silence.

— Nous nous sommes trop attardés ici, dit-il ; il n'a

pas encore gelé assez fort pour faire tomber les
friandes baies du gui, et nous avons encore plus d'un
régal préparé sur les chênes, les pommiers et les peupliers; cependant, je crois sage de nous en aller au
plus tôt; j'ai rencontré hier deux roitelets, ce sont
des oiseaux d'hiver; leur arrivée annonce que l'heure
est venue de nous mettre en route. Nous entrepren-
drons, demain, notre voyage vers les beaux pays du
Midi. Vous n'avez pas encore voyagé, mes enfants,
c'est maintenant qu'il va falloir vous accoutumer à
la fatigue. *Hit, ki, ho! hit, ki, ho !* La vie n'est amère
que pour les lâches.

— *Hit, ki, ho! hit, ki, ho !* crièrent les petits rassé-
rénés par l'idée du voyage, et toute la famille s'envola.

— De chétifs passereaux m'enseigneront-ils la
vaillance, à moi géant des forêts? pensa le grand pin.

Environnés d'embûches et de périls comme ils le
sont, ils trouvent encore la force de chanter et de se
réjouir. Le père a répété à ses fils ce que la litorne
disait au jeune mauvis au commencement de l'automne : une épreuve qu'on supporte vaillamment
peut quelquefois être la source d'un grand bonheur.

L'épreuve la plus dure pour un arbre est certainement d'être abattu par les bûcherons; mais qui sait,
si je ne trouverai pas mon sort plus agréable quand
je serai loin d'ici?

Je suis resté immobile à la même place depuis ma
naissance; je vais peut-être voyager, contempler

d'autres scènes, voir de nouveaux horizons. Je crois
vraiment que cette perspective est assez consolante
pour oublier mes blessures. Du courage, la vie n'est
amère que pour les lâches !

Le grand pin tomba de son long sur la terre, puis
il fut traîné jusqu'au fleuve et couché côte à côte avec
les hêtres et les chênes que les bûcherons avaient
abattus avant lui.

L'eau des pluies d'automne filtrait lentement à
travers le sol, elle descendait de tous les points
élevés de la contrée vers le lit du fleuve, la neige
commençait à fondre sous les rayons plus chauds
du soleil; enrichi de ce double tribut, le fleuve se
gonflait entre ses rives qu'il baignait de flots plus
rapides.

Un orage de printemps fondit toutes les neiges
d'un seul coup ; le fleuve s'élança en bondissant par-
dessus les troncs d'arbres qu'il saisit dans ses bras
puissants pour les entraîner avec lui vers la mer.

— Cette fois, c'est bien fini de moi, soupira le grand
pin, pendant qu'il s'en allait à la dérive, fouetté par
les remous de l'eau, éclaboussé de flocons d'écume,
heurté par les autres troncs.

Un peu plus loin, le fleuve coulait plus calme,
entre ses rives élargies ; le voyage devint plus paisible, le grand pin put reprendre ses esprits et
regarder autour de lui.

Il vit le ciel bleu, les nuées blanches et légères

qui couraient, chassées par le vent. Il se souvint
qu'autrefois il causait avec elles des pays qu'elles
avaient visités et soupira. Maintenant, il ne pouvait
plus causer avec personne ; la vie était bien amère !

Cette pensée lui rappela les grives, ce qui lui rendit
un peu de courage.

— Bah ! fit-il en lui-même, après la pluie le beau
temps ; la vieille litorne et la jolie draine aux joues
cendrées avaient raison. Comme les yeux couleur de
noisette de la dernière brillaient d'énergie pendant
qu'elle exhortait sa famille ! Elle avait dû être en
proie à bien des vicissitudes, et cependant elle était
vaillante et gaie. Oui, oui, si rude qu'elle soit, une
épreuve peut devenir une source de joie.

Nous ne sommes déjà pas si à plaindre, ces troncs
d'arbres et moi, de glisser sur le fleuve, bercés par
les flots écumeux !

Le murmure de l'eau est aussi réjouissant que
celui du vent dans les feuilles, le soleil luit avec
autant d'éclat sur le fleuve que sur la forêt, les
étoiles y scintillent aussi gaîment ; la vie éclate ici
avec autant d'intensité que là-bas.

L'herbe et les mousses couvrent les berges d'un
frais tapis vert, des milliers de milliers d'êtres vont
et viennent dans les gazons et dans les flots, tous
sont contents de vivre. Oui, oui ! la vie n'est amère que
pour les lâches !

Un chant de grive partit d'un buisson, comme si le

petit oiseau avait voulu répondre à la pensée du grand pin.

Les arbres poursuivaient leur voyage, tantôt à travers des campagnes plantureuses, tantôt à travers des champs arides ou des forêts profondes.

Dans un endroit où le fleuve coulait entre des prairies au milieu desquelles s'élevaient çà et là des cerisiers chargés de fruits mûrs, le grand pin aperçut des grives qui picoraient les cerises. Elles allaient d'un arbre à l'autre, du vol brusque et saccadé qui leur est propre, et quand quelqu'une trouvait de quoi faire un ample festin, elle poussait son double cri d'appel pour rallier ses compagnes autour d'elle, se riant des épouvantails inventés par l'homme pour éloigner les oisillons.

Qu'est-ce qu'un épouvantail inoffensif pour qui a déjoué, pendant l'automne, les ruses du chasseur et de son chien ?

Ce n'est pas insouciance, c'est sagesse de jouir des joies présentes sans les empoisonner du souvenir des maux passés ou de la crainte des maux à venir.

Le grand pin commençait à mieux comprendre la nature depuis qu'il l'observait sous ses aspects divers ; il voyait qu'il s'était privé de plus d'une jouissance en vivant renfermé en lui-même, sans daigner s'apercevoir de ce qui se passait à ses pieds.

Il aurait accepté volontiers de vivre de sa vie

actuelle, autant de siècles qu'il en avait mis à croître dans la forêt.

Pendant qu'il se laissait aller au fil de l'eau en caressant les douces pensées qui flottaient en lui, une violente secousse ébranla toutes ses fibres et le jeta sur le sable où il demeura immobile.

Il se crut au terme du voyage : ce n'était pas la peine d'avoir supporté tant d'épreuves pour être abandonné sur une grève humide, en butte à l'humidité qui le pourrirait jusqu'au cœur, ou aux larves d'insectes qui creuseraient leurs galeries en tous sens dans le bois et le réduiraient en poussière.

Le grand pin n'eut pas le loisir de se lamenter plus longtemps ; des hommes armés de crocs de fer l'avaient déjà repoussé dans le fleuve qui l'entrainait de nouveau.

Le courant devenait si violent que les troncs s'entre-choquaient à tout moment, et l'on entendait une rumeur lointaine pareille au roulement d'un tonnerre souterrain ou à celui de mille chariots lancés au galop sur une route rocailleuse.

— Voici l'ouragan, pensa le grand pin; il rugissait ainsi le jour où il se ruait sur mes rameaux pour les emporter.

Que ne suis-je mort ce jour-là ! A quoi bon vivre, puisque la vie n'est qu'un enchainement de souffrances ?

Le lit du fleuve était semé de grosses roches dont

les aspérités déchiraient les troncs d'arbres au passage, les rives se resserraient et s'escarpaient, les
flots hurlaient en se précipitant avec fureur contre les
obstacles qui s'opposaient à leur marche, la rumeur
se rapprochait et se faisait plus haute.

Tout à coup, le grand pin se sentit lancé dans le
vide ; il tournoya un mo-
ment et retomba debout
entre les rochers, tordu
par le tourbillon de la
grande cascade, car c'était
la cascade dont la voix se
faisait entendre de si loin.

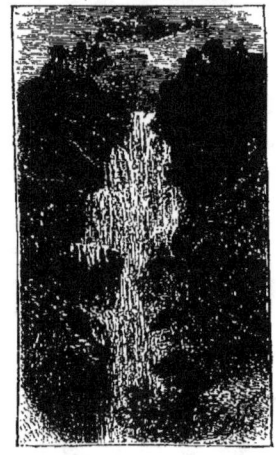

Le grand pin venait de
franchir avec elle le saut
du fleuve.

Un bon saut, vous pou-
vez le croire ! debout,
comme il était, l'arbre, si
grand qu'il fût, n'atteignait
pas le haut de la chute.

— Mes forces sont épuisées, gémit-il, cette épreuve
est certainement la dernière ; adieu le beau ciel bleu,
adieu le chaud soleil d'or et la verdure !

Depuis longtemps, je vis en regrettant de vivre, et
voici que je meurs en regrettant de mourir ; je n'ai
vu que des jours misérables, l'existence est bien
amère !

Deux petites grives de vigne tachetées de brun et de blanc, grivelées, comme on dit, avaient décidé de ne point aller dans le Nord cet été-là et de s'établir au bord du fleuve pour y nicher.

— Nos petits seront tout à fait élevés à l'époque du voyage d'automne, se disaient-elles, ils supporteront mieux les fatigues de l'émigration, et puis il n'y a pas lieu de nous inquiéter de ce que nous mangerons, les prunes viennent après les cerises, et s'il faut attendre un peu de temps avant que le raisin soit mûr à son tour, nous trouverons toujours des vers, des insectes, de petits colimaçons dans l'herbe que l'ombre des haies maintient humide et fraîche.

On dit qu'en Ecosse, le plus joli de tous les chanteurs est la grive commune ou grive de vigne ; c'est pourquoi on lui donne encore les noms de grive chanteuse ou de grive musicienne ; mais elle ne chante pas partout, et les deux dont nous parlons se bornaient comme les autres grives, litornes, draines et mauvis, à lancer de sonores *hit, ki, ho !*

Hit, ki, ho ! hit, ki, ho ! disait l'une, la vie n'est amère que pour les lâches et les paresseux ; on ne peut pas savoir si le bonheur d'aujourd'hui n'a pas été préparé par le malheur d'hier.

— Bien parlé ! répondit l'autre, si je ne m'étais pas blessée dans le piège que m'avaient tendu de méchants enfants, je traverserais la mer en ce moment, au lieu de préparer un nid.

Ranimé par le courage des grives, le grand pin se raidit contre l'effort de la cascade, et sans savoir trop comment, il se retrouva couché tout de son long et flottant sur les eaux tranquilles.

Le paysage devenait de plus en plus varié ; la plaine s'étendait à perte de vue comme un riche tapis bariolé de mille nuances. Après de verts pâturages, c'étaient des guérets blonds d'épis, des landes empourprées de bruyères ou dorées de genêts épineux ; çà et là, des villages trouaient la verdure de leurs maisons blanches coiffées de toits roux, des églises piquaient audacieusement le ciel de leurs clochers pointus, des châteaux forts dressaient leur silhouette sinistre au sommet des collines, des villes ébranlaient l'air de la rumeur qui sortait de leurs murailles comme d'une ruche au temps de l'essaimage.

Des jeunes filles rieuses agenouillées au bord de l'eau frappaient le linge en cadence comme pour rythmer leur chanson, des enfants poursuivaient les épinoches ou les ablettes argentées, des hommes immobiles et graves comme les grands hérons qu'on voit debout au bord des marais présentaient aux poissons un appât trompeur, de légers bateaux allaient et venaient ; c'était la vie dans toute sa lénitude, une vie si débordante, si intense qu'on n'en voyait ni les travaux, ni les luttes, ni les défaillances, et que la joie de vivre paraissait être la joie suprême de tous les êtres.

— Les petites grives avaient raison, murmura le
grand pin ; si je n'avais pas vaillamment supporté
les souffrances que m'a fait éprouver la cascade, je ne
serais pas ici et je n'aurais sans doute jamais rien
su des travaux de l'homme ni de la splendeur que
son travail ajoute à celle de la nature.

Chers petits oiseaux, qui m'avez appris à supporter
la douleur, je vous remercie.

— Qu'est-ce là? fit-il en s'interrompant.

Les troncs d'arbres venaient de s'arrêter à l'entrée
d'un petit cours d'eau vers lequel le courant les avait
portés. Des hommes tenant des crocs de fer les y pous-
saient un à un ; on entendait dans le voisinage le
bruissement d'une faible chute d'eau, le clapotement
d'une roue hydraulique et le grincement monotone
et régulier d'une scie : *Riss, rass ! riss, rass ! riss,
rass !* il fallait y être bien habitué pour n'en être pas
étourdi.

Le grand pin avait appris, au cours de ses vicissitudes, qu'il n'était pas le seul être intéressant de l'u-
nivers ; aussi, au lieu de se plaindre sans savoir pourquoi, comme il n'eût pas manqué de le faire autrefois,
il regarda autour de lui, et voici ce qu'il vit en avan-
çant lentement dans le petit cours d'eau ou plutôt
dans le bief, car c'était dans le bief d'une scierie que
les troncs d'arbres venaient d'entrer.

Dès qu'il en arrivait un à portée de la machine,
une énorme main de fer le frappait et l'amenait droit

Les dernières roses s'y épanouissaient.

devant une scie à plusieurs lames parallèles et verti-
cales.

Mises en mouvement par la roue que la petite
chute d'eau faisait tourner en tombant incessamment
sur les palettes, les lames mordaient l'arbre qui
avançait, avançait, et finissait par dépasser la scie
après avoir été coupé en planches.

Ce n'était pas long ! les chênes les plus durs, les
hêtres les plus compacts étaient bientôt fendus par
la scie qui montait et descendait tranquillement, sans
jamais se presser, avec son continuel *riss, rass, riss,
rass, riss, rass*.

Ce n'était pas un cri, c'était un simple souffle,
une sorte de respiration régulière marquant la mesure du petit refrain que le ruisseau gazouillait.

Derrière la scierie, s'étendait un jardinet plein de
fleurs d'automne ; les dernières roses s'y épanouissaient aux côtés des massifs de dahlias, des orgueilleuses roses-trémières et de quelques chrysanthèmes
qui s'étaient ouvertes plus tôt qu'elles n'auraient
dû le faire.

Ce petit ardin était borné par un bois dont les
feuillages commençaient à jaunir. Les grives voyageuses arrivaient du Nord par groupes plus ou moins
nombreux suivant l'espèce : les draines à la gorge
marquée de fer de lance, au bec jaunâtre, étaient venues les premières par petites troupes ; les grives de
vigne étaient arrivées ensuite, non plus par couples,

comme au printemps, mais par familles de huit ou dix individus, puis les mauvis volant rapidement en bandes innombrables ; on commençait à voir des litornes, les plus grosses de toutes les grives, qui vont, comme le mauvis, en bandes nombreuses, et qui viennent en dernier, parce qu'elles s'attaquent peu au raisin et préfèrent les galbules du genévrier.

Déjà gorgées de baies de gui, les draines allaient semant partout la graine de l'arbuste parasite, et les grives communes commençaient à engraisser et à voler plus lourdement entre les ceps.

Les anciens amis renouvelaient connaissance. Ils s'interrogeaient sur les aventures qu'ils avaient eues dans les montagnes de l'Ecosse ou de la Scandinavie, sur les hasards de leur double traversée, sur ceux qu'on avait connus jadis et qu'on ne voyait pas reparaître ; c'était des gazouillements sans fin et des cris d'appel, et de brusques envolées ; le grand pin en oubliait le travail de la scierie.

Il reconnut parmi les oisillons le jeune mauvis et la vieille litorne qui étaient venus se poser sur sa cime brisée, l'année précédente.

Le mauvis se plaignait plus que jamais de l'existence, il n'avait eu que des chagrins : les quatre œufs de sa première couvée avaient été mangés par les rats, de si jolis œufs, d'un bleu tendre tirant sur le vert, avec des taches rouges et noires !

Ce n'étaient certes pas de plus jolis œufs que

ceux des autres grives, mais le mauvis était comme
tous les pères ; ses petits et les œufs qui les renfer-
maient étaient à ses yeux de pures merveilles.

La litorne allait lui offrir ses compliments de con-
doléance quand il reprit son récit. A la seconde couvée, sa femelle lui avait donné six œufs encore plus
beaux, d'une couleur d'algues marine encore plus
douce, avec des taches plus vives. Les petits étaient
éclos ; mais la mère avait succombé aux fatigues de
l'incubation, deux des oisillons étaient tombés du
nid, deux autres avaient été mangés par un corbeau,
et les deux derniers, que le père avait sauvés à
grand'peine, n'avaient grandi que pour se prendre
dans des rêts. Le pauvre mauvis, veuf et sans enfants,
n'avait échappé récemment que par miracle aux serres d'un épervier. Ah ! la vie n'était qu'un tissu de
misère ! Le triste oiseau se demandait à quoi bon
vivre.

— A rendre les autres heureux, si par impossible
on ne peut l'être soi-même, répondit gravement la
litorne. Va, va ! Si rude que soit la vie, elle n'est réel-
lement amère que pour les lâches !

Le fils du maître de la scierie était déjà bon tireur,
bien qu'il entrât à peine dans l'adolescence ; il
avait pris son fusil et visait la litorne qui ne le
voyait pas.

Le grand pin entendit l'explosion de la poudre, il vit
la fumée blanche qui sortait du canon et un petit bou-

quet de plumes grivelées qui tombaient d'un bouleau, emportées par le vent.

Une émotion qu'il n'avait jamais ressentie jusqu'alors le secoua jusque dans ses fibres les plus profondes, il croyait que la litorne avait été frappée et il regrettait amèrement la mort de ce vaillant petit oiseau.

Un joyeux *hit, ki ho!* vint le rassurer : la litorne vivait encore.

Tout à sa joie, le pin ne vit pas approcher la main de fer qui le saisit et l'amena devant la scie. C'était son tour d'être coupé en planches.

Riss, rass! riss, rass! riss, rass! sifflait la machine en entamant l'arbre.

C'est là qu'il y aurait eu matière à se plaindre pour un pin orgueilleux! Il aurait pu déplorer de se voir débiter en planches destinées à la fabrication d'objets vulgaires, au lieu d'être resté entier pour devenir le mât de quelque beau navire ou la poutre principale du comble d'un grand édifice; mais toutes ces visions étaient aussi loin du grand pin que son habitude de s'apitoyer sur son sort, sans s'inquiéter de savoir si d'autres n'étaient pas plus malheureux que lui.

Il répétait en lui-même la chanson de la grive : *hit, ki, ho! hit, ki ho!* Une épreuve vaillamment supportée peut être la source d'une grande joie ; la vie n'est amère que pour les lâches.

Et il ajoutait : J'étais très heureux dans la forêt, lorsque, le front dans la lumière, je m'entretenais avec le vent et les nuages ; mais je n'étais pas moins heureux quand je voyageais bercé par le grand fleuve.

J'ai été battu des orages, j'ai subi la blessure de la cognée, j'ai lutté avec les tourbillons furieux de la cascade, me voici de nouveau en proie à la morsure de la scie. Cependant, je crois que j'aurais tort de désespérer, il y a dans l'année plus de jours de beau temps que de jours de pluie, et dans la vie plus de joies que de souffrances, quand on juge sainement de l'une et de l'autre.

Il glissait si paisiblement entre les lames que les planches étaient aussi droites, aussi unies que si elles eussent été dressées au rabot, les plus belles planches de la scierie, par ma foi ! C'est ce que remarquèrent les ouvriers en les chargeant sur une charrette pour les transporter au village chez le menuisier.

— Les belles planches ! dit celui-ci en passant la main dessus comme par un geste de caresse ; il n'y aura guère de main-d'œuvre à dépenser là-dessus, c'est une bonne affaire pour moi, et j'en suis bien aise.

J'ai besoin de gagner de l'argent, cette année, pour parfaire la dot de ma petite Suzette dont le fiancé est revenu.

Suzette entendit ces paroles, elle vint embrasser son père sur les deux joues : deux gros baisers sonores et joyeux.

— Cela ne change rien à ma destinée que ce menuisier gagne de l'argent et marie sa fille, pensa le grand pin ; pourtant je suis content d'être pour quelque chose dans sa satisfaction et dans celle de la jolie Suzette.

Une grive chanta dans le jardin, comme pour applaudir à la joie de l'arbre.

Le menuisier eut bientôt fini de monter chacune des planches sur quatre pieds unis par une traverse, ce qui en faisait autant de beaux bancs rayés de veines soyeuses et lustrées. Il les transporta dans une grande maison toute blanche à l'autre bout du village. Toutes les fenêtres étaient ouvertes ; il en sortait un murmure gazouillant comme celui d'une immense volière : cette maison était l'école.

Si les bancs avaient été doués de mouvement, ils auraient bondi d'eux-mêmes dans la classe.

— Que la grive était sage ! pensait le grand pin ; mes épreuves n'étaient rien auprès de ce que je ressens aujourd'hui que le temps du bonheur est venu.

— Les beaux bancs ! criaient tous les enfants en se hâtant de s'y asseoir pour voir si l'on y était bien.

— Regarde, comme ils sont lisses et bien veinés !

— Et comme ils sont d'une jolie couleur rousse !

— Et comme ils sentent bon, le sapin neuf !

Le chant de ces voix enfantines paraissait au vieux pin plus mélodieux encore que le murmure du vent et le frémissement de l'eau ; il ne cessait de répéter :

— Oui, oui ! La vie n'est amère que pour les lâches. Si la grive était là, je la prierais de le dire à ces écoliers comme elle me l'a dit à moi.

Les petits oiseaux aiment à lutiner les petits enfants pour les distraire et pour s'amuser. Il y avait justement là une grive qui voltigeait effrontément de table en table.

Le maître détournait la tête ; un des écoliers lança sa casquette sur la grive qui s'enfuit par la fenêtre en jetant un moqueur *hit, ki, ho !*

Un rire, aussitôt comprimé, éclata de rang en rang : le grand pin ne savait ce qui le rendait plus joyeux de la visite de la grive ou de la gaîté des écoliers.

Il est toujours dans la maison d'école du petit village ; bien des enfants, qui se sont assis sur les bancs, sont aujourd'hui des vieillards à tête grise, et le grand pin sent son bonheur croître à mesure que les générations se succèdent.

Autrefois, les écoliers étaient peu nombreux, peu assidus, mal vêtus ; ils restaient peu de temps à l'école ; à peine avait-on fait connaissance avec eux qu'ils s'en allaient pour chercher à gagner leur pain.

Aujourd'hui leur nombre augmente chaque année, ils sont plus aisés et plus assidus ; ils ne partent pas avant d'avoir appris tout ce qu'ils ont besoin de savoir pour entreprendre le grand voyage de la vie ; on peut se faire de vieilles connaissances parmi eux, des amis dont on est sûr de voir les fils plus tard.

Le vieux pin n'échangerait pas son existence actuelle pour celle qu'il menait avant d'avoir été découronné par l'orage. Ce n'est pas à dire, pourtant, que les roses soient pour lui sans épines : plus d'un garçonnet a entaillé les bancs à coups de canif, soit pour y graver un chiffre ou un dessin, soit simplement pour dissiper sa mauvaise humeur ou pour amuser sa paresse. Le grand pin supporte patiemment ces épreuves pour l'amour de ceux auxquels elles procurent un instant de divertissement.

Il pense encore souvent à la chanson de la grive qu'il a sagement complétée, et, si les écoliers comprenaient le langage des choses, ils entendraient que les vieux bancs répètent en craquant :

— La vie n'est amère que pour les lâches et pour les égoïstes.

LA

PROMENADE DES NOELIS
Conte de Noël (Imité du danois).

La lune en son plein mettait des irisements
d'opale sur la neige qui couvrait la mousse au
bord des routes et sur l'herbe dans les prairies,
le givre diamantait les haies, et les étoiles bril-

laient comme des yeux curieux dans un ciel pâle si
transparent, qu'on croyait apercevoir au delà le
rayonnement des splendeurs éternelles.

A travers les vitres de toutes les maisons du village sortaient de grandes lueurs rouges, tantôt plus
vives et tantôt presque éteintes, les lueurs des feux
de Noël autour desquelles les familles étaient ras-
semblées, attendant que le premier coup de minuit
donnât le signal d'aller à l'église. Quand une porte
s'ouvrait, un bruit joyeux de voix se répandait au
loin et aussi une bonne odeur de cuisine.

Il faisait si beau, si beau, dans cette calme nuit de
décembre qu'on s'étonnait de ne pas entendre les oiseaux gazouiller dans les branches et qu'on oubliait
le grand froid qu'il faisait.

Mais voilà que soudain, tout au fin fond du village,
s'élève un murmure vague comme si les oisillons
s'éveillaient et se mettaient à battre des ailes avant
de prendre leur volée.

Le murmure se fait rumeur, puis le son devient
distinct; ce sont de petites voix aiguës, agiles comme
la voix de l'alouette et sonnant clair comme le cris-
tal : les Noëlis viennent de commencer leur promenade.

Leur troupe fait sur la route une ombre opaque,
trouée çà et là par la flamme sombre d'une lanterne.
Ils s'avancent en chantant un antique Noël dont
leurs pas marquent la cadence :

Un ange apparaît aux bergers
Et vers le Sauveur les mène.
Ils s'en vont, à pas légers,
Franchissant le mont et la plaine ;
Noël, Noël !
Jésus est descendu du ciel,
Noël !

En avant, marchent les plus grands, du pas traînant des paysans, alourdis par les longues journées
de travail dans les champs ; derrière viennent les
tout petits, précipitant leurs pas, se heurtant, trébu-
chant, tant ils se hâtent de peur de s'écarter du gros
de la troupe. Ils se donnent la main entre eux ou
s'accrochent au jupon des filles, forçant leurs petites
voix grêles, hésitantes encore, pour dire avec le
chœur, les couplets du vieux Noël :

Une étoile apparaît aux rois
Et vers le Sauveur les guide.
Par les champs et par les bois
Ils s'avancent d'un pas rapide ;
Noël, Noël !
Jésus est descendu du ciel,
Noël !

Les flammes rouges des fallots qui dansaient tout
à l'heure sur la route comme de gros feux follets sont
maintenant immobiles, la terre durcie par la gelée ne
sonne plus sous les petits pieds chaussés de lourds
sabots ; les Noëlis font leur première halte, ils frap-

A TIRE D'AILES.   4

pent à une porte: c'est celle de la vieille madame Dalen.

Elle est si vieille, si vieille, madame Dalen, qu'aucun des Noëlis ne peut se figurer qu'elle ait jamais été jeune, et elle est si riche, si riche, qu'elle ne connait pas ses richesses, bien qu'elle passe, dit-on, sa vie à les compter.

Karin, la servante, est aussi vieille que sa maitresse, et son asthme l'oppresse si fort qu'on l'entend souffler et gémir dans l'escalier et dans le vestibule, pendant qu'elle se dirige vers la porte pour ouvrir aux Noëlis.

Qu'elle est donc lente à venir cette vieille Karin, et lente à ouvrir, et qu'il lui faut de temps pour regarder en abritant de sa main maigre et ridée sa chandelle vacillante, avant de reconnaitre les visiteurs.

Les filles s'avancent avec des corbeilles pleines de branches vertes; elles s'inclinent, offrent les bouquets mêlés de houx et de gui qu'on doit suspendre au manteau de la cheminée pour « attirer le bonheur », et disent sur une mélodie lente :

> Dieu donne bon an
> Au cœur bien donnant.

Et les garçons, en chœur, appuient de leurs voix plus rauques :

> De qui ferme sa main pleine
> L'enfer est la peine.

.L'enfant Noël de cette année, une fillette de trois ans à peine, rose comme un Jésus de cire, s'approche à son tour, tendant son tablier. Karin y met un tout petit paquet de papier gris et referme bien vite la porte.

— Vieille avare! dit entre ses dents Arne, grand garçon à cheveux roux, en voyant combien le présent de madame Dalen tient peu de place.

On se remet en route, rythmant par la marche le cantique de Noël :

> Qu'apportent ces humbles bergers
> A l'Enfant Sauveur du monde?
> — Des fleurs, les fruits des vergers
> Et des brebis la toison blonde.
> Noël, Noël!
> Jésus est descendu du ciel,
> Noël!

Après la vieille madame Dalen, c'est la famille Eriksen qu'on visite. Il y a dans cette famille deux jeunes filles blondes dont les yeux sont bleus comme les pervenches qui fleurissent au printemps dans les grands bois, et les enfants les connaissent bien.

Ah! l'on n'a pas fait attendre les Noëlis à la porte, cette fois! Les deux charmantes sœurs Klara et Lucretia étaient sur le seuil avant que le dernier Noël du refrain eût été lancé à pleins poumons. Les filles n'avaient pas eu le temps de formuler en chœur le souhait traditionnel que Klara et Lucrétia les avaient déjà embrassées toutes à la ronde et que leur mère tenait l'enfant Noël dans ses bras pour le faire entrer dans la maison.

A la bonne heure! Si la joie plane sur leur foyer, les Eriksen le méritent bien. Chacun des Noëlis a reçu quelque chose en particulier, et chacun a été régalé, avant de partir, d'un bon coup de boisson chaude.

— Dieu vous garde, mes enfants, crie Mme Eriksen qui, debout sur le pas de sa porte, les regarde s'éloigner dans la rue toute blanche de la lumière de la lune, et, après leur mère, Klara et Lucrétia répètent : Dieu vous garde!

Les voix enfantines reprennent à l'unisson le Noël dont les notes lentes s'égrènent dans la nuit :

> Les puissants rois qu'apportent-ils ?
> Celui qui vient d'Arménie
> Porte les parfums subtils
> Que produit sa terre bénie.
> Noël, Noël !
> Jésus est descendu du ciel,
> Noël !

Après les Eriksen, c'est chez la jeune madame Strömberg, dont la riche demeure est de l'autre côté du petit bois, qu'on va porter le bouquet de houx.

Les Noëlis s'en vont un peu tremblants sous l'ombre des sapins dont les rameaux se penchent

lourds de givre; les tout petits ont peur des loups
dont ils s'imaginent voir briller les grands yeux jaunes derrière chaque tronc d'arbre, ils ont peur de la
chouette qui pousse des cris lugubres, ils ont peur de
leur ombre qui danse devant eux à la lueur tremblante
des fallots.

Les grands les rassurent; ils savent le moyen
d'effrayer les loups en poussant de grands cris, et la
chouette n'est pas méchante.

Les pies, les geais, les petits passereaux qu'on voit
perchés dans les grands hêtres où ils guettent la
visite des cigognes qui doivent leur dire si l'hiver
sera long, ne redoutent pas l'obscurité; pourtant ils
ont bien plus d'ennemis que n'en peuvent redouter
les petits enfants, il ne faut donc pas trembler; le
Noël est repris en chœur, et l'on arrive à la porte de
madame Strômberg.

Elle a du monde chez elle, des amies de la ville
qui sont venues passer les fêtes du nouvel an, ac-
compagnés de leurs maris et de leurs frères.

Madame Strômberg est dans son salon, au milieu
de ses invités; elle chante un noël français écrit par
un compositeur fameux pour un chanteur célèbre ;
un noël majestueux, pompeux, solennel, pas bien
religieux peut-être, mais tout à fait différent de ces
vieilleries que chantent les enfants du village en allant
mendier—disent les amies de la jeune madame Strômberg, dédaigneuses des naïfs usages de nos pères.

— Dites à ces enfants de passer leur chemin, ordonne M. Strômberg, nous ne faisons pas l'aumône !

Et pendant qu'il dit cela d'un ton dur, sa jolie petite femme roucoule le noël parisien, comme elle roucoulerait une romance sentimentale.

Les Noëlis ne s'en iront pas pour cela les mains vides ; Karolina Handlôs s'est glissée dehors à leur arrivée. Mettant un doigt sur ses lèvres pour demander le silence, elle a déposé quelque chose dans le tablier d'Agneta qui fait l'enfant Noël, puis elle l'a embrassée en disant tout bas : « C'est bien peu, mes chers enfants, mais je ne puis mieux faire. S'il suffisait de vous aimer pour que vous soyez heureux, votre bonheur à tous serait assuré. Dieu vous garde, chers enfants, et un bon noël à tous.

La jeune fille n'est pas riche, en effet ; à vingt ans elle sert de mère à une sœur et à deux frères dont les seules ressources sont le fruit de son travail.

Elle est gouvernante des enfants de Mme Strômberg et elle a bien des mauvais jours, car Mme Strômberg, cette femme d'une sensibilité exquise, si tendre pour elle-même, n'est pas douce aux autres.

Les frères de Karolina l'ont d'abord appelée Karla, puis ils ont abandonné ce diminutif pour dire : Kârleka : tendresse.

Elle rentre silencieusement comme elle est sortie et jette un regard craintif autour du salon, afin de s'assurer que sa courte absence est restée inaperçue.

Elle respire, personne ne fait attention à elle, ou du moins personne n'a l'air d'y faire attention.

Il y a pourtant quelqu'un qui l'a vue porter son offrande aux Noëlis, quelqu'un qui voudrait bien lui demander une des branches vertes du « bouquet de bonheur » qu'elle a attaché à son corsage, n'ayant pas de foyer où le suspendre et ne voulant pas s'en défaire. C'est Harald Pétersen, le frère de la fière Helena Pétersen, la meilleure amie de la jeune madame Strômberg.

Harald est professeur à Christiania ; ses travaux l'ont déjà rendu célèbre ; avec cela il est riche, et Mme Strômberg ne serait pas fâchée de lui voir épouser sa sœur Rosa, c'est pour cela qu'elle est si aimable avec lui.

Rosa ne repousserait pas la demande d'Harald, s'il lui proposait de devenir sa femme ; tout en conservant la modestie qui sied à une jeune fille, Rosa a souvent encouragé le professeur : celui-ci n'a pas compris ou n'a pas voulu comprendre ; cependant, Rosa espère bien que le souper et le bal de Noël ne s'achèveront pas sans qu'Harald se soit déclaré, car il la regarde souvent.

C'est vrai qu'il regarde souvent Rosa, mais ses yeux se portent aussi fréquemment sur Kârleka.

> Les rois qu'apportent-ils encor,
> Outre l'encens et le baume
> L'un porte un bassin plein d'or :

Comme symbole du royaume.
Noël, Noël !
Jésus est descendu du ciel,
Noël !

Ainsi chantent les Noëlis, et de porte en porte, ils s'en vont offrant leurs rameaux et recevant les dons des familles charitables. Refuser une offrande aux promeneurs de Noël, ce serait attirer le malheur sur soi.

Dans la maison là-bas, tout au bout de la rue qui mène à l'église, on ne voit pas les fenêtres resplendir de lueurs brillantes, on n'entend éclater ni les voix, ni les rires sonores, on croirait la maison inhabitée. Pourtant la porte s'est ouverte à l'approche du cortège, une toute petite fillette est sortie, disant à voix basse aux Noëlis : Ne chantez pas si haut, maman est malade, si malade qu'elle n'a rien pu apprêter pour vous. Je sais qu'elle vous recevrait bien, si elle pouvait se lever et descendre ; moi, voilà tout ce que j'ai, je vous l'offre. Et la fillette a donné quelques pauvres jouets, les seuls qu'elle possédât.

— Un bon Noël, Elin, pour toi et pour ta mère, lui répond Hanna Melvyn ; l'Enfant-Dieu se souvient de ceux qui n'oublient pas les Noëlis. En disant cela, elle a glissé sur le seuil derrière Elin, avec le bouquet de feuilles luisantes sur lesquelles les baies rouges se détachent comme des étincelles, un beau jouet que vient de leur donner la fille d'Axel, le riche horloger. C'est un oiseau qui se promène et qui chante comme s'il était vivant, grâce à un mécanisme caché dans l'intérieur de son corps.

Telle est la mission des Noëlis, ils reçoivent du riche et donnent au pauvre.

S'ils avaient su quelle était la valeur de certains des présents qu'ils ont recueillis, peut-être eussent-ils fait à Elin un autre cadeau : les parents d'Elin sont dans une si profonde misère !

Les Noëlis se hâtent, voici que les trois quarts de onze heures viennent de sonner à l'horloge de l'église, et il leur faut encore frapper à plusieurs portes, avant d'entrer à l'église à minuit sonnant et sur le dernier refrain de leur Noël :

> Qu'apporte encore ce vieillard
> Que pour sage l'on renomme ?
> — C'est de la myrrhe et du nard
> Amers comme les jours de l'homme.
> Noël, Noël !
> Jésus est descendu du ciel,
> Noël !

Kling, *kling*, *kling*, *klang*, *kling*, chantent les notes joyeusement envolées du carillon, *kling*, *klang*, *klang*, *klang*, *kling* ! La grosse cloche sonne le premier des douze coups, les Noëlis entrent dans l'église, semant le plancher de rameaux verts. Ils sont chargés de jouets, de gâteaux, de livres, de menus objets ; bien qu'ils aient laissé une part de

leur récolte sur le seuil des indigents, ils n'en ont
pas moins un riche butin à se partager.

Une chose les inquiète, c'est de savoir ce qu'il y a
dans le petit paquet de papier gris que leur a remis
Karin, la servante de la vieille madame Dalen.

Ils ne seront guère attentifs au service, avec une
si grande curiosité agitant leur petite cervelle, c'est
bien à craindre.

Arne n'a pas pu attendre plus longtemps ; caché
derrière ses camarades, il a ouvert le papier. Après
l'avoir déployé, il a poussé un noël si vigoureux que
les poutres de la vieille église en ont été ébranlées et
que l'écho de la sacristie a répété : Noël !

Qu'y avait-il donc dans le papier gris ? Il y avait
autant de petites pièces d'or luisantes et toutes neu-
ves qu'il y avait de Noëlis.

— C'est égal ! a dit Hanna, les pièces de cuivre de
Kârleka m'ont fait plus de plaisir encore, parce
qu'elles ont été données avec un doux sourire et de
douces paroles.

Maintenant qu'ils savent ce que renfermait le papier que leur a remis Karin, la servante de la vieille
Mme Dalen, les Noëlis ne seront pas très attentifs au
service, c'est à craindre, pressés qu'ils sont de racon-
ter à leurs parents les événements de la promenade.

Ce n'est pas l'impiété qui les rend si bruyants, c'est
la joie. L'Enfant-Noël, le vrai, Celui dont on célèbre

la venue et qui voit au fond de leur cœur, ne leur en voudra pas.

Après l'office, le pasteur a fait le partage entre les Noëlis ; et chacun d'eux portant sa part, ils se reforment en bande et s'en vont en chantant comme ils sont venus.

Les voix et les pas s'éteignent au loin ; un à un, les chanteurs sont rentrés chez eux, le dernier a fait retentir le dernier Noël, les portes sont closes.

C'est maintenant que le village est plein d'une rumeur de fête ! La fumée monte si lumineuse au-dessus des larges cheminées ; les grosses bûches de Noël craquent dans l'âtre avec des pétillements si vifs que toutes les maisons ont l'air d'être en train de flamber. Les grandes flammes qui dansent dans les foyers empourprent les rues comme un reflet d'incendie, les poules s'en sont éveillées dans les poulaillers, et les petits oiseaux dans les creux de murailles où ils s'abritent contre le froid de l'hiver.

On est à table, on soupe, on cause, on rit ; les toasts se croisent d'un bout de la table à l'autre : A votre santé, Madame. — Boirai-je un verre de vin avec vous, mon compère ? — Bien des joyeux Noëls, Mademoiselle.

— Eh, eh ! à cet âge, on n'a que de joyeux Noëls ; ce n'est pas comme nous autres, têtes grises.

Les souhaits affectueux répondent aux paroles cordiales, les mains se serrent ; les amitiés deviennent plus étroites et les inimitiés s'apaisent dans la gaîté sereine des repas de Noël.

Le lendemain, quand le soleil pâle de décembre se leva sur le village, les rues étaient vides et silencieuses. Tout le monde dormait encore.

Les Noëlis rêvaient qu'ils allaient de porte en porte distribuer les bouquets de bonheur et que de toutes les maisons sortait une interminable procession de jouets.

La jeune madame Strómberg se croyait à la ville chantant le Noël français, après chaque couplet duquel éclataient des applaudissements enthousiastes. Le riche horloger Axel s'imaginait qu'il était parvenu à fabriquer des oiseaux vivants ; chacun avait son rêve dans lequel passaient ses joies ou ses douleurs, ses ambitions ou ses dégoûts, ses regrets ou ses espérances.

Pourtant, il y avait trois personnes que le sommeil n'avait pas visitées. Celles-là faisaient, tout éveillées, de si doux songes qu'elles n'en auraient pas voulu de plus beaux pour leur sommeil, si elles avaient pu les choisir : c'étaient la vieille madame Dalen, Elin et Kârleka.

Ce n'était pas pour compter ses richesses, comme on le disait, que la vieille Mme Dalen s'enfermait seule dans sa maison solitaire ; c'était pour pleurer son fils unique parti pour explorer les mers polaires et dont personne n'avait plus entendu parler.

Le rêve d'Elin.

Voilà qu'à minuit sonnant, juste comme si l'enfant
Noël, en descendant sur la terre, l'eût ramené avec
lui, Erik Dalen était arrivé chez sa mère. La pauvre
femme avait été si saisie de surprise qu'elle n'avait
pas pu sortir pour se rendre à l'église. Qu'importait
cela? Le cantique d'action de grâces qui chantait au
fond de son cœur ne fut pas le moins fervent de
ceux qui montèrent au ciel cette nuit-là.

Elin avait rêvé qu'on était au printemps; les cigognes revenaient des pays chauds par grandes
troupes, chaque famille s'installait dans son nid
accoutumé en haut d'une cheminée du toit d'un édifice élevé ou du clocher d'une église.

Celle qui jouait si familièrement avec Elin l'été
dernier portait au cou une grande corbeille enru-
bannée d'où il sortait tant, tant de joujoux qu'Elin
ne savait plus où les mettre. C'était des oiseaux qui
paraissaient voler, des poupées, des cavaliers, des
lapins battant du tambour, des ballons, des pantins,
des fleurs ; et quand Elin crut la corbeille vide et
s'approcha pour regarder au fond, elle y trouva,
quoi? une petite sœur que Pierre (1) lui dit de prendre
dans ses bras; il y avait aussi un petit frère dans
la corbeille, mais Pierre ne voulut pas le donner à
Elin, il l'emporta dans une autre maison. Elin en eut
tant de chagrin qu'elle s'éveilla, et voyez ! son rêve

_____

(1) Dans les pays scandinaves, on donne à la cigogne le nom
de Pierre.

n'avait pas menti, la cigogne lui avait en effet apporté
une petite sœur qui dormait dans son berceau.

Quant à Kârleka, devinez ce que Noël lui avait
apporté ?

— Une fortune, un palais, des trésors ?

— Mieux que cela ; en l'embrassant sous le bou·
quet de houx, comme l'usage lui en donnait le droit,
Harald Pétersen lui avait demandé si elle voulait être
sa femme.

Quand il la regardait pendant que madame Strômberg chantait, elle lui faisait l'effet, parmi toutes ces
jeunes femmes orgueilleuses, d'un bouleau gracieux
au milieu d'une noire forêt de sapins.

Il se disait que la fortune sans le dévouement ne
peut rien pour le bonheur, que la riche Rosa voyait
en lui l'homme célèbre, l'héritier d'une des premières familles de Copenhague plutôt que l'ardeur
de tendresse dont il se sentait capable pour celle qui
associerait sa vie à la sienne ; que Kârleka si douce,
si gracieuse, si bonne, si modeste, avait toutes les
qualités qui font une femme accomplie.

A la vérité, Kârleka n'apporterait pas de dot, bien
loin de là, elle arriverait accompagnée de trois orphelins. Eh bien ! le mari de Kârleka travaillerait
comme s'il était déjà père de famille, l'économie de
Kârleka ferait le reste, et l'équilibre serait bien vite
rétabli.

Harald se disait cela et bien d'autres choses encore.

La seule chose qu'il ne se disait pas, c'était qu'il aimait Kârleka.

Il le dit pourtant sous le bouquet de houx, lorsqu'il prit la main de la jeune fille avant de l'embrasser, et ce fut à elle-même.

Kârleka n'a rien répondu quand Harald lui a demandé d'être sa femme ; elle était trop émue, car si Kârleka avait été assez peu raisonnable pour caresser un rêve impossible à réaliser, elle aurait rêvé de traverser la vie appuyée sur le bras d'Harald Pétersen.

Le baiser de Noël a scellé leurs fiançailles ; au printemps prochain, Kârleka quittera la jeune madame Strômberg pour aller vivre à Copenhague chez son mari.

Le souhait traditionnel des Noëlis a été exaucé ; quant à la menace renfermée dans les deux autres vers, il faudrait aller trop loin pour savoir si elle a été mise à exécution : n'entreprenons pas ce voyage.

LAISSEZ LES ENFANTS
A LEUR MÈRE
(Air connu.)

Les animaux n'ont ni la
parole, ni les larmes, c'est peut-
être pour cela qu'ils accom-
plissent très simplement des
actes d'héroïsme, quand nous
ferions de grands bras, de
grands cris, d'ardentes pro-
testations de dévouement,
des lamentations sans fins,

qui nous laisseraient brisés et sans force pour agir.

Oyez, bonnes gens, une touchante histoire et dites si je n'ai point raison.

Comme beaucoup d'hommes doux et débonnaires, j'ai pour la chasse ce penchant immodéré dans lequel se révèlent les appétits meurtriers de notre espèce, ainsi que son incurable vanité.

Je ne mange jamais de gibier, l'odeur de sauvagine me répugne, mais je suis bon tireur, et je me complais volontiers dans mon adresse. Ma femme ne peut s'empêcher de sourire du ton triomphant avec lequel j'annonce le nombre de pièces abattues, et je dois le dire, bien qu'il soit de mauvais goût de faire son propre éloge, jamais, au grand jamais, je ne suis rentré bredouille.

A la vérité, j'habite un canton giboyeux aux environs de Beaulieu dans l'Ardèche. La situation de ma propriété me permet de chasser et le gibier de plaine et le gibier de montagne.

Dans le vallon, le lièvre et la perdrix abondent, les pentes boisées des monts servent de demeure à nombre de bécasses.

La bécasse ne multiplie ordinairement pas dans nos contrées, cependant le fait peut s'y produire et s'y produit quelquefois. Ce que je dis là n'est pas pour faire parade de la connaissance que j'ai acquise des mœurs du gibier à plume, c'est très utile à mon histoire.

Un jour que je rôdais par les champs en compagnie de ma femme, je vois Stop se mettre en arrêt ; je n'avais pas mon fusil, je rappelle mon chien, je le siffle, je fais claquer mon fouet ; rien : Stop reste là tenant l'arrêt comme lui seul en est capable dans tout le canton.

Inutile de dire si je regrettais d'avoir laissé mon Lefaucheux dans mon fumoir.

— Il y a quelque chose là, dis-je à ma femme.

— Eh bien, répondit-elle, je suis heureuse d'être sortie avec toi ce matin, ma présence sauve la vie à une bête innocente.

Ma femme est très sentimentale, ce n'est pas désagréable dans les autres circonstances de la vie, mais à la chasse, c'est ennuyeux.

Epargner les bêtes innocentes, respecter la vie, ne point enlever les enfants à leur mère, un tas de bêtises bonnes à être mises dans des romances et chantées par des messieurs pommadés.

Outre la manie de sentimentaliser à propos de tout, Elodie (ma femme s'appelle Elodie) a celle de vouloir élever toutes les bêtes possibles en domesticité.

Dans certains cas, loin de m'opposer à son goût pour l'élevage, il m'arrive de le favoriser, cela m'aide à ne jamais rentrer le carnier vide. Ainsi, par exemple, au temps des moissons, il n'est pas rare de rencontrer sous les chaumes des nids de perdrix que la couveuse, épouvantée par l'approche du faucheur, vient d'abandonner.

En pareil cas, on apporte les œufs à ma femme qui les fait couver par des poules de petite taille.

C'est une bonne affaire pour un faucheur de faire une trouvaille de ce genre : les quinze ou vingt œufs du nid qu'il pille lui valent toujours une récompense honnête, comme on dit sur les affiches en réclamant un toutou perdu.

Elodie a un faible pour les perdreaux : de jolis oisillons peureux, reconnaissants des soins qu'on leur donne et dociles à l'éducation.

Elle les dresse si bien qu'ils vont, à l'heure matinale où la chaleur trop forte du soleil n'a pas encore chassé les insectes, butiner dans les buissons du parc et les guérets de la plaine, puis rentrent d'eux-mêmes après s'être bien repus. Ils connaissent si bien Elodie qu'elle va et vient au milieu des compagnies de perdreaux pressés autour de leur mère, sans effaroucher ces êtres timides.

D'après certains auteurs, la perdrix grise est la seule qui puisse être apprivoisée ainsi.

Elodie voulut vérifier le fait. Comme nos collines donnent déjà asile à quelques perdrix rouges et même à des bartavelles, elle essaya sa puissance éducatrice sur des représentants de ces deux espèces.

Les bartavelles s'en allèrent dès qu'elles purent voler, suivies de près par les perdrix rouges, sauf une paire, d'humeur plus casanière sans doute, qui demeura dans le parc.

J'avoue que c'était très gentil de les voir se pro-
mener dans les herbes, le mâle guidant sa femelle
vers les bons endroits ou veillant attentivement sur
elle ; cela m'amusait beaucoup les jours où mes
rhumatismes me retenaient au logis. Pour Elodie,
elle ne se lassait pas de les observer.

— Tiens! disait-elle, le mâle a trouvé des graines :

entends-tu ce cri rauque? c'est pour
prévenir sa femelle, et elle lui répond
par un cri de remerciment. Ah! il re-
lève la tête avec inquiétude, qu'y a-
t-il? les chiens ne rôdent pas par là,
j'espère, ni les porteurs de fusils non
plus.

J'avais promis, j'avais juré solen-
nellement sur tout ce qu'Elodie avait
pu imaginer de plus sacré, de ne jamais
attenter aux jours des perdrix rouges.
Hélas! qu'est-ce qu'un serment lors-

que la passion tend les nerfs d'un homme, fouette son sang, tord ses muscles ? Une bonne occasion de se parjurer, et comme tous les faiseurs de serments, je me hâtai d'oublier le mien à la première occasion.

Je dois dire à ma décharge que rien ne ressemble plus à une perdrix rouge sauvage qu'une perdrix rouge apprivoisée. Un beau matin que le joli couple s'était hasardé dans la plaine, je le plongeai, par un coup double, dans les horreurs du trépas. Ce qui me passe, c'est qu'Elodie les reconnut rien qu'à me les voir sortir du carnier.

— Barbare! s'écria-t-elle (elle a des expressions un peu théâtrales), barbare ! vous avez tué mes perdrix!

Nous en restâmes brouillés pendant près d'un mois.

Cela ne prouve pas, direz-vous, que le cœur humain soit plus dur que le cœur animal.

C'est vrai ; mais Elodie n'a pas le cœur fait comme celui de tout le monde, et de plus cela ne fait rien à mon histoire.

Je reprends donc où j'en étais resté lorsque je me suis envolé à la suite des perdrix.

Impossible de faire revenir Stop. Au moins, dis-je, si je ne puis tirer, je saurai toujours ce qu'il y a là.

Ce n'était pas bien difficile à reconaître : sous une grosse racine d'orme, un long bec droit aigu, emmanché d'une tête comprimée, à la physionomie stupide, émergeait d'un amas d'herbe et de brindilles tassés sans art : c'était une bécasse accroupie sur son nid.

Qui aurait douté de l'identité de la bestiole à long bec eût été aussitôt tiré d'incertitude à l'aspect d'un autre oiseau, au plumage varié en dessus de taches et de bandes grises, rousses et noires, avec le dessous gris barré de lignes transverses noires.

— Quel guignon ! deux bécasses, et je n'ai pas mon fusil, fis-je en mâchonnant ma moustache comme j'en ai l'habitude quand quelque chose me chiffonne.

— Quel bonheur ! reprit Elodie, en écho, moi qui n'ai jamais pu élever de bécasses !

Il me fallut alors jurer, toujours sur les choses les plus sacrées pour Elodie, que je n'aurais pas la barbarie de tuer la couveuse ni son vigilant époux, tant que la nichée ne serait pas éclose et introduite dans la volière. Après comme après ; Elodie prétend qu'une bécasse bien faisandée est un manger des plus délicats ; c'est sans doute pour cela qu'elle ne voulut pas me lier à jamais par le susdit serment.

Cette fois, je fus fidèle à la foi jurée.

Voici donc les petits frais éclos, et la couveuse qui s'en va prendre un peu l'air et se dégourdir les pattes. Elodie ne l'a pas plus tôt vue occupée à chercher des insectes au pied des buissons, qu'elle s'élance et s'empare de la jeune famille.

Au bruit des herbes, les parents accoururent... Ce fut navrant ! Que de cris éperdus, de recherches, d'envolées rapides deci, delà ! La mère revenait au nid. C'est bien le mien, semblait-elle dire, mais où sont mes enfants, mes chers enfants ?

Sauf le respect dû à Mme de Sévigné, aux grandes dames de la cour du roi Soleil et aux professeurs de belles-lettres qui déclarent la prose de l'épistolaire marquise le comble du naturel, c'était au moins aussi touchant que le désespoir de Mme de Longueville.

Au fait, pourquoi pas ? Une mère est une mère, n'est-il pas vrai ? qu'elle soit oiselle ou grande dame.

Pauvres petits oiseaux, ils ne trouvaient plus leur couvée, ils ne comprenaient pas ; l'effarement de la douleur donnait à leurs gros yeux stupides une expression tragique dont je ne pus m'empêcher d'être remué, moi le tueur de bêtes !

Elodie n'avait cure du désespoir de ces parents privés de leurs enfants par un coup du sort qu'ils ne pouvaient s'expliquer. Tout en fredonnant son refrain favori, un refrain bête et pleurard que je n'ai jamais pu souffrir, elle emportait sa prise vers la volière.

> Laissez les enfants à leur mère,
> Laissez les roses au rosier,
> Laissez les roses au.... rosier.

chantonnait ma femme.

C'était bien en situation, n'est-ce pas ? C'est comme cela que les femmes sont logiques.

Le lendemain plus de bécasses au pied du gros orme. Je pars en guerre, résolu à les guérir à tout jamais de leur douleur à l'aide de quelques grains de

plomb ; je n'aime pas sentir une souffrance auprès
de moi, et puis c'est inhumain de laisser souffrir une
bête quand on peut l'en empêcher. Où diable pouvaient être les bécasses ? Stop ne les éventa pas plus
que je ne les aperçus, nous battîmes les buissons de
compagnie jusqu'à l'heure du déjeuner, et, si je n'étais
rentré par la volière, j'aurais couru le risque......
Chut ! ça c'est mon secret, mon grand secret ! et j'ai
failli le révéler ; que serais-je devenu s'il était arrivé
jusqu'à l'oreille d'Elodie, une fine oreille, je vous en
réponds !

Où était le couple bécassin ? Je vous le donnerais
à deviner en mille que vous ne trouveriez jamais,
c'est pour cela que je vais vous le dire sans préam-
bule. Et puis, ce n'était pas, comme certain mariage,
la chose la plus étonnante, la plus surprenante, la
plus ébouriffante. — Je crois que ce dernier adjectif
manque dans le texte et rendrait ma citation inexacte,
je ne la poursuivrai donc pas. Au surplus, je voulais
seulement dire que c'était la chose la plus naturelle
du monde, puisqu'elle constitue un trait de mœurs
particulier à la bécasse.

Les parents désolés avaient découvert le lieu dans
lequel leur progéniture était emprisonnée, et, tapis
dans l'herbe, ils restaient à l'affût comme de simples
chasseurs.

Ah ! ils furent patients et tenaces, ils demeurèrent
là tout un jour et toute une nuit. Quand je les vis sur

le soir, accroupis côte à côte, muets, immobiles, leurs
gros yeux dilatés par l'angoisse de l'attente, je devinai
sans peine pourquoi ils étaient là ; j'allai tout doucement attacher Stop, et plus doucement encore (Elodie
ne l'a jamais su, heureusement !) j'allai entr'ouvrir la
cage des bécasseaux, un peu seulement, puis je ren-
trai au salon où j'écoutai, pour la première fois sans
agacement, le refrain d'Elodie :

Laissez les enfants à leur mère.

Ah ! oui, pensais-je à part moi, pendant que ma
femme fignolait ses notes de tête, pauvres mères,
respectez leur tendresse, elle est si grande ! ne brisez
pas leur cœur, il est si tendre ! ce ne sont pas les paroles de la romance qui sont bêtes, c'est la musique.

Si je ne m'étais endormi comme tous les soirs sur
le premier-Privas du *Moniteur Ardèchois*, j'en serais
certainement venu à me reprocher tous les meurtres
d'enfants que j'avais commis au préjudice des lièvres,
lapins, perdrix et autres bêtes dans la poitrine
desquelles peut battre un cœur de mère.

Je croyais tout bonnement que les parents rejoin-
draient la couvée, point du tout; la bécasse n'a pas
les mœurs avilies des oiseaux des villes qui s'en vont
de gaité de cœur partager la captivité de leurs
enfants : elle rend les siens à la liberté.

Vous pensez bien que je ne voulus pas partir le
lendemain matin, sans connaître le résultat de mon
équipée.

Il était tel que je l'avais prévu : le père et la mère tournaient autour de la couvée, cherchant à reconnaître les oisillons et à s'assurer qu'il n'en manquait aucun.

Sûre d'avoir retrouvé ses enfants, la mère les rappela, les réunit autour d'elle et les couvrit de ses ailes.

Je me dis qu'Elodie allait être contente de posséder toute la famille, j'entendais son refrain dans le parterre, et ce qui ne lui arrive pas précisément tous les jours, je dois l'avouer, elle était de bonne humeur, car elle avait adapté sa chanson aux circonstances.

« Coupons les roses aux rosiers ! » chantait-elle en émondant ceux de ses corbeilles. Je l'appelai par un *pst, pst* discret.

Pour la manière dont elle me remercia, j'aurais aussi bien fait de m'en aller sans la distraire de ses occupations matinales !

L'indignation qui la saisit en voyant la porte ouverte ne me permit pas d'attirer son attention sur la jolie scène de famille que je voulais lui donner le plaisir de contempler.

— C'est encore vous ! s'écria-t-elle, en fixant sur moi ses grands yeux noirs d'où jaillissaient des flammes rouges.

Je niai, comme de juste.

Elodie ne me crut pas ; c'est l'usage, je n'en fus donc pas déconcerté ; ce n'est pas pour être cru qu'on ment, c'est simplement pour dire autre chose que la vérité.

— Oui, niez! reprit-elle de son grand air tragique :
c'est comme mes perdreaux, des perdreaux que je
me tue à élever, à dresser, à instruire !

Mon secret, mon grand secret! Elodie le connaissait, elle savait que ses perdreaux me servaient à
conserver ma réputation de franc chasseur, les jours
où Stop n'avait rien levé dans la campagne, et elle ne
m'avait jamais laissé soupçonner qu'elle le savait !
On a bien raison de dire que toutes les femmes sont
dissimulées.

J'étais atterré ! ce n'était cependant pas une raison
pour avouer que j'avais ouvert la porte aux bécasses ;
je niai derechef avec un serment à l'appui, cette fois.

— Je te jure, ma bonne amie, sur ce que j'ai de
plus sacré....

Elodie passa de la colère au dédain.

— De plus sacré ! il n'y a rien de sacré pour vous.

Dieu sait comment aurait fini un entretien commencé sur ce ton suraigu, s'il n'avait été interrompu
par un événement absolument inattendu.

Une boule brunâtre bondit tout à coup par l'entrebâillement de la porte ; nous entendîmes un cri rauque, un froufrou d'ailes, et je n'avais pas eu le temps
d'épauler mon fusil qu'il n'y avait plus rien en vue.

— Ne tire pas ! dit vivement ma femme.

Elle m'entraîna vers un massif derrière lequel nous
pouvions voir ce qui se passerait dans la volière sans
inquiéter les oiseaux.

La bécasse reparut, entra de nouveau dans la cage, prit un des petits entre ses pattes et s'envola dans la même direction que la première fois.

Elle les reporte à son nid, souffla ma femme à mon oreille.

— Elle les reporte à son nid, souffla ma femme à mon oreille.

Ma foi! cela valait la peine de s'en assurer ; sans nous consulter, nous partîmes tous deux au pas de course, prenant les raccourcis, sautant les haies, enjambant les ruisseaux et les fossés.

Nous arrivâmes juste à temps pour voir la bécasse

déposer un quatrième petit à côté des trois premiers.

Il n'en restait plus que deux à rapatrier.

Elodie avait oublié sa colère.

— Pauvre mère ! murmura-t-elle. Des larmes brillaient dans ses beaux yeux, je fus pris d'une tentation de lui dire : Tu ne regrettes plus maintenant que j'aie ouvert la porte ? J'eus heureusement assez d'empire sur moi-même pour y résister.

D'ailleurs je fus arrêté tout naturellement dans mon élan par une préoccupation nouvelle.— Regarde, me dit Elodie, toi qui as le coup d'œil exercé du chasseur, que penses-tu que ce soit ?

Elle désignait un point noir et mobile qui, parti de la montagne, s'avançait vers nous assez rapidement. C'était évidemment un rapace sorti de sa forêt, en quête de quelque proie. Je ne tardai pas à distinguer un autour, à son vol bas, à ses ailes courtes, à sa longue queue.

Il venait droit de notre côté ; la bécasse serait-elle blottie sous la racine du gros orme assez à temps pour échapper à la vue perçante de cet ennemi ?

C'est à ne rien comprendre au cœur de l'homme ; je n'avais jamais ressenti que la joie du triomphe en ramassant toutes sanglantes les victimes de mon adresse, et en ce moment, j'avais le cœur serré d'une indicible angoisse à la pensée que l'autour pouvait apercevoir la bécasse et la déchirer dans ses serres.

Ma femme était toute pâle de la même crainte ; nous attendions, pressés l'un contre l'autre, interro-

La lutte était déjà engagée.

gèant l'espace pour épier le retour de la bécasse et surveiller le vol de l'autour.

— Tue-le, dit ma femme à voix basse.

Il n'était pas tout à fait à portée ; j'attendis encore, j'attendis trop.

L'autour ne plane pas comme l'aigle, il fond obli-
quement, c'est ce qui me paralysa.

Le père et la mère arrivaient à tire d'ailes, portant
chacun un petit ; le père déposa d'abord son fardeau ;
à peine l'avait-il lâché qu'il poussa un cri rauque, cri
d'appel et d'effroi :

—Hâte-toi, voici un ennemi.

Elle n'entra pas dans le nid, elle laissa simplement
tomber son enfant parmi les autres et se tint les ailes
étendues au-dessus de sa demeure, protégeant ses
fils de son corps.

— Mais tire donc, criait Elodie.

La lutte était déjà engagée entre l'autour et les
pauvres bécasses, lutte courte et terrible dans laquelle
les parents éperdus n'avaient rien pour les soutenir
que leur amour et leur désespoir.

J'ajustai soigneusement, je fis feu, l'autour culbuta
dans l'herbe, il était mort.

J'avais trop attendu ; la mère était morte aussi, le
père était à l'agonie.

— Voyez à quoi vous a servi d'ouvrir la porte ! dit
Elodie.

Craignant une reprise de ses tragédies ordinaires,
je ramassai l'autour et ses victimes sans rien dire,
puis j'allai reprendre les oisillons orphelins.

Une inexprimable émotion me poignait, j'aurais
volontiers pleuré si mes larmes n'eussent été une
atteinte à ma dignité d'homme.

Depuis, je n'ai jamais tué de bécasses.

Pauvres oiselets, tendres et dévoués jusqu'à la mort! C'est l'amour maternel que je respecte en vous.

RETOUR DES CHOSES

I

C'était dans un riant vallon : de riches villages épandaient au milieu des prés verts leurs coquettes maisons blanches, entourées de jardins pleins de fleurs.

Les jeunes filles vaquaient en chantant aux soins du ménage ; les vieillards, assis sous les treilles, devisaient paisiblement des jours de leur jeunesse ; les jeunes hommes qui passaient, la faux ou le fléau sur l'épaule, tournaient les yeux vers les fenêtres des salles basses derrière lesquelles brillait plus d'un frais visage.

Les troupeaux n'étaient nulle part aussi gras que dans le riant vallon, les vignobles aussi riches, les plaines aussi fertiles.

Le vent s'apaisait en traversant les bois qui le fermaient, le soleil ne dardait que de tièdes rayons sur ses rivières aux ondes assoupies et sur son beau lac bleu : tout était calme, aisance et joie dans le riant vallon.

Un gémissement s'y éleva un jour et le parcourut, lugubre comme un glas de mort.

Point de demeure où l'on ne pleurât un fils, un frère, un fiancé ; la guerre venait d'éclater, les jeunes hommes quittaient la charrue pour les armes, le village pour les camps, le foyer paternel pour la tente du soldat.

Plus de chansons dans les coquettes maisons blanches, plus de jeunes filles souriant à la fenêtre, plus de laboureurs ni de bergers dans les campagnes. Tout le monde se taisait, prêtant l'oreille aux bruits lointains venus des champs de bataille.

On disait que l'armée, vaincue en vingt rencontres, se repliait devant l'ennemi ; que le territoire était envahi ; que la patrie agonisait, et ce deuil s'ajoutait aux autres deuils dans le cœur des mères et des fiancées.

Puis, ce furent les fuyards qui passèrent, un à un, dix par dix et par centaines. Après, vinrent des convois de blessés, parmi lesquels chacun cherchait l'être chéri qui l'avait quitté pour défendre le pays.

On avait laissé passer les fuyards sans leur parler, de peur d'avoir à rougir devant eux de la honte dont ils s'étaient couverts ; mais on interrogeait ces vaillants qui revenaient mutilés et couverts de sang.

Quelques-uns gardaient un silence farouche, d'autres racontaient qu'ils avaient laissé les plus valeureux d'entre leurs compagnons, couchés sur la terre, les yeux grands ouverts sur le ciel qu'ils ne voyaient plus.

Des mères, devenues lâches à force de tendresse, se réjouissaient de voir leurs fils au nombre des blessés, parce que la guerre les avait laissés échapper et ne pouvait plus les leur prendre.

Le gros de l'armée pénétra bientôt, à son tour, dans le riant vallon ; les coquettes maisons blanches furent remplies de soldats, les jardins et les champs devinrent des bivouacs ; les femmes, les enfants, les vieillards, les infirmes, êtres inutiles au milieu des combats, partirent pour aller se réfugier dans la partie encore tranquille du pays, traînant sur des charrettes le paralytique et son grabat, le nouveau-né et son berceau, emportant sur leur dos quelques hardes empaquetées au hasard dans le trouble de la fuite.

Où était-ce ? Qu'importe ! La guerre est partout la même ; elle est partout aussi cruelle ; la civilisation qui adoucit les mœurs, n'a rien fait pour la guerre, elle ne l'a pas dépouillée de son atrocité.

Le choc des deux armées eut lieu, choc si terrible que la clameur en retentit à travers toute la contrée.

Pendant trois jours, deux peuples luttèrent l'un contre l'autre, tous deux aussi vaillants, aussi héroïques, tous deux courbés sous un même joug d'obéissance.

On avait dit : « Tuez ! » ils tuaient.

Les morts des deux nations s'empilaient côte à côte
sur la terre et dans le grand lac dont les flots bleus
étaient marbrés de longs filets rouges.

Sur les cadavres palpitants encore, s'abattaient les
grands corbeaux qui habitaient les bois des alentours. Leurs croassements funèbres furent bientôt
le seul bruit qu'on entendit dans tout le vallon en
deuil.

Les villages brûlés n'offraient plus qu'un amon-
cellement de ruines desquelles émergeait çà et là un
pan de mur noirci.

L'incendie fumait dans les bois. Le lac et la rivière,
chassés de leur lit par les cadavres d'hommes et de
chevaux, rejetaient sur leurs rives leurs habitants
ordinaires, et, sur la pente des collines, dans les
prairies hier encore en fleurs, derrière les troncs
d'arbres abattus, dans les jardinets dévastés, entre
les tombes des cimetières, sous le porche et dans la
nef des églises croulantes, partout, les deux nations
avaient laissé leurs morts sanglants.

Le flot des combattants roula plus loin ; le silence,
un silence de mort régna dans le vallon. Aucun être
vivant n'y respirait, sauf peut-être les chauves-souris
qui volaient en rond au-dessus du grand lac et quelques chouettes chassées de leur demeure par le flamboiement de l'incendie, affolées par la rumeur de la
bataille.

Vers le soir du second jour, d'épais nuages bru-

Les oiseaux rapaces s'attablèrent au grand festin.

nâtres venus de l'orient, de l'occident, du midi, planèrent un moment au-dessus du champ de carnage et s'y abattirent. C'étaient des bandes de vautours. Le lendemain, il en arriva encore : les uns, fauves avec un collier blanc mêlé de brun, descendaient des sommets inaccessibles des montagnes ; les autres, presque noirs avec une grande collerette oblique, venaient des bords de la Méditerranée.

Là où les hommes s'étaient entr'égorgés pour de vaines prérogatives, les oiseaux rapaces s'entendirent, et, sans entamer de lutte, ils s'attablèrent au grand festin préparé pour eux par la folie des pasteurs de peuples.

Ils demeurèrent là des jours et des jours, puis ils partirent, ne laissant derrière eux que des ossements blanchis épars sur le sol d'où s'exhalaient des vapeurs empestées.

Nul être ne se hasardait à traverser ce vallon maudit ; il n'y restait plus rien de vivant que la nature accomplissant en silence son œuvre d'oubli et de renouvellement.

II

Tout passe et se renouvelle en ce monde, la vie se greffe sur la mort, la joie des uns naît de la douleur des autres ; l'homme pleure trop souvent parce qu'en

sa vie éphémère, il ne saurait comprendre la succes-
sion des choses ni des êtres.

Chassé par le carnage du fertile vallon dans lequel
il avait établi ses demeures, l'homme s'attristait de le
voir dévasté, et les grands vautours fauves se réjouissaient de ce qu'après tant d'années paisibles, désespoir de leur race, ils se trouvaient conviés à une
abondante curée. Leurs battements d'ailes, leurs cris
d'ivresse, le bruit sinistre de leur bec robuste ron-
geant la chair des cadavres, épouvantaient au loin
les populations déjà calmées.

Quand ils furent retournés vers leurs aires, le
silence s'établit dans le val, ou, du moins, l'homme
inhabile à entendre sourdre les mille vies qui s'agi-
tent sous terre, déclara que le silence y régnait
seul.

D'abord, on s'éloigna de la plaine funèbre, les
pâtres se montraient avec effroi les éminences qui en
bossuaient la surface et sur lesquelles ne poussait
aucune verdure ; les laboureurs auraient craint d'y
remuer les os de leurs pères en la creusant du soc de
leur charrue, les troupeaux eux-mêmes la fuyaient,
le vent qui la traversait en emportait l'horreur sur
son aile et semait des germes de mort à travers les
campagnes et les cités.

Le riant vallon semblait à tous un lieu maudit.

Un à un les jours s'étaient accumulés, apportant
d'autres joies et d'autres désespoirs. Parmi les jeunes

filles dont le doux sourire avait, jadis, fait battre le cœur des jeunes hommes, les unes, brisées par les batailles de la vie, étaient allées rejoindre, avant le temps, dans le mystérieux pays de la mort, leurs fiancés tombés dans les batailles de la guerre ; les autres, pauvres vieilles à la tête chenue, retrouvaient à peine la trace de leur jeunesse au fond de leurs souvenirs incertains ; les vaillants combattants d'autrefois étaient devenus de débiles vieillards, leur voix n'avait plus d'accents de colère pour maudire l'ennemi, auteur du désastre de la patrie, leurs yeux n'avaient plus de larmes, leur cœur plus d'espoir d'une héroïque vengeance ; les petits enfants redisaient, sans les comprendre, les chants de douleur arrachés aux poètes par la perte de tant de héros et le deuil de tant de mères ; à mesure que l'herbe poussait sur la tombe immense, l'oubli germait dans la mémoire des nations, ensevelissant dans la même ombre la gloire des vainqueurs et le désespoir des vaincus.

Les siècles, ces jours de l'éternité, s'étaient succédé lentement ; le buissonnement des premières années était devenu forêt, la terre resplendissait sous sa parure verdoyante, le grand lac bleu souriait aux nuées qui se miraient dans ses eaux.

La vie, une vie ardente, éclatait de toute part : dans l'herbe épaisse où les bestiaux entraient jusqu'au poitrail, dans les ramures pleines de nids et de chansons, dans le flot clair au fond duquel les pois-

sons passaient rapides comme des éclairs argentés,
dans l'air agité de vols de papillons, de bourdonne-
ments d'abeilles, embaumé du parfum des herbes et
des fleurs.

Quelques femmes superstitieuses craignaient bien
encore de traverser la forêt ou la prairie pendant la
nuit, de peur d'y voir danser les feux follets qu'elles
prenaient pour l'âme des trépassés et qui n'en étaient
que la substance. On racontait encore dans les veillées,
que, par les nuits d'orage, un grand cliquetis d'armes
s'élevait autour du lac et dans les avenues du bois ;
car, en ces nuits lugubres, les combattants se rele-
vaient et se rangeaient en bataille pour lutter jusqu'au
jour ; les lueurs rouges du couchant étaient les buées
de sang qui s'élevaient du champ de carnage après
ces combats surnaturels.

Cependant, nul n'aurait pu dire le nom des peuples
disparus qui avaient combattu en ce lieu. Rien ne
marquait plus la trace des villages détruits, et le
travail des hommes commençait à s'ajouter à celui de
la nature pour effacer les derniers vestiges des
anciens combats.

En remuant la terre, les laboureurs rencontraient
parfois, au fond des sillons, des armures de forme
inconnue qui n'éveillaient pas plus leur curiosité que
les ossements, auxquels elles étaient mêlées, n'exci-
taient en eux la terreur.

Ils portaient pieusement les ossements à l'ossuaire

établi à l'orée du bois et se bornaient à repousser les armes rongées de rouille, jusqu'à la limite de leur champ.

Les petits enfants en faisaient des jouets qu'ils abandonnaient à l'écart quand leur père les rappelait, à l'heure du départ, ou qu'ils étaient las de se travestir en guerriers.

Des antiquaires venaient de tous les points de la contrée, qui recueillaient ces débris des âges écoulés, notant la haute stature de ceux qui en avaient été revêtus, et l'habileté de ceux qui les avaient ouvrés. Ils cherchaient à établir à qui avaient appartenu les plus grandes des armures, soit aux envahisseurs, soit aux défenseurs du pays, mais ils n'y pouvaient parvenir, malgré leurs patientes recherches à déterminer quelles races avaient ainsi mêlé leurs armes et leurs os dans le sol du riant vallon.

Un casque avait roulé dans les broussailles ; l'herbe, les chardons avaient poussé à l'entour, et personne n'avait songé à le ramasser pour le suspendre dans un musée ou le vendre à un collectionneur. Peut-être les antiquaires l'avaient-ils rejeté comme n'ayant aucune valeur, peut-être (les cœurs simples ont de ces superstitions) le laboureur qui l'avait sorti de terre avait-il craint de l'emporter, le regardant comme un présage de deuil.

Le bronze en était fouillé de fines ciselures ; la

visière relevée laissait voir le vide intérieur, et l'humidité l'avait rongé en plus d'un endroit.

· Deux tourterelles étaient venues habiter près de
là, dans un bosquet d'érables et d'aubépine; nées en
captivité, elles avaient perdu l'instinct de leur race et
ne savaient comment construire un nid.

Elles regrettaient déjà leur cage, pourtant elles ne
pouvaient y retourner ; une année de vie libre sous les
branches leur en avait fait oublier le chemin.

La tourterelle gémissait tristement ; elle voyait
déjà ses œufs écrasés sous le pied du pâtre, brisés
par la brebis errante, dévorés par les serpents ou les
rongeurs qui rôdent sous les gazons; le tourtereau
s'efforçait de donner un accent joyeux à ses roucou-
lements, mais il n'était pas moins triste en son
cœur.

Il voltigeait çà et là, en quête d'un abri pour ses
petits; comme il s'arrêtait découragé au pied du
buisson dans lequel se tenait sa compagne, il se
heurta de l'aile au vieux casque enfoui sous les
broussailles.

Le soleil descendait à l'horizon, le soir tombait ; ce
n'était plus l'heure d'aller chercher par les chemins
la plume envolée du flanc d'un passereau, la mousse
élastique et la laine laissée par le mouton aux épines
de la haie; cependant les tendres oiseaux étaient trop
heureux pour retarder leurs travaux jusqu'au jour ;
ils se mirent aussitôt à la tâche, et dès le lendemain

la tourterelle put déposer son premier œuf sur un doux matelas de duvet et de mousse.

Plus heureux que les riches armures exposées à la curiosité publique dans les salles des musées, le casque abandonné voyait encore une fois la vie s'agiter autour de lui, non sous ses aspects terrifiants comme au jour de la grande bataille, mais sous l'aspect consolant de son renouvellement perpétuel.

L'homme avait semé la mort dans le riant vallon, il en avait jonché le sol des instruments de sa rage démente, puis la nature, cette éternelle guérisseuse, était rentrée en possession de ces solitudes ; elle avait semé partout la vie à pleines mains, elle l'avait fait éclore jusqu'au milieu des armes inventées pour la détruire, et avait donné pour abri à de craintifs oiseaux le casque d'un de ces farouches guerriers qui avaient accompli jadis leur œuvre de désolation dans le riant vallon aux coquettes maisons blanches.

Qu'est-ce donc que la vie, qu'est-ce que la mort pour la nature éternelle ?

Le héros qui défend sa patrie, le poète qui chante la gloire et l'immortalité sont déjà prêts pour les vers du sépulcre et, des cadavres même épars sur son sein, la terre distille la substance de milliers de plantes et d'êtres vivants.

LE POULET DE MADAME LIOTARD

Je lui tordrai le cou comme à un poulet !

Cette manière de s'exprimer, non moins brutale que familière, semblerait impliquer que le poulet est l'être le plus timide, le plus faible, le plus dépourvu de moyens de défense qui soit au monde.

Si la chose est vraie pour les poulets en général, on voudra bien nous accorder, du moins nous osons l'espérer, qu'elle peut être fausse pour un poulet en particulier.

En tous cas, si nos lecteurs concevaient quelques doutes sur le courage que peut déployer un poulet dans une circonstance donnée, ils n'en conserveront certainement aucun lorsqu'ils connaîtront l'histoire du poulet de Mme Liotard.

Madame Liotard était, au propre comme au figuré, l'une des plus grosses fermières de l'arrondissement de Provins.

On pouvait la voir tous les samedis au marché de cette ville, si complètement enveloppée de ses tabliers de toile fine, de sa bavette brodée, de ses bouts de manches de batiste dont la blancheur faisait ressortir l'éclat de ses grosses mains rouges, qu'on n'aurait jamais soupçonné l'élégance de sa toilette sans le majestueux chapeau, ordinairement vert, dont les fleurs et les panaches se balançaient comme secoués d'un vent d'orage à chaque mouvement de la fermière, pour prendre dans ses paniers le beurre ou les œufs demandés par ses clients.

Mᵐᵉ Liotard n'avait qu'une seule rivale dans le pays : Mᵐᵉ Blanchet, née Blanche Opoix, et connue pour sa manie de n'admettre dans sa ferme que des animaux d'une entière blancheur.

Encore, s'il y avait rivalité, c'était entre les fermes et non entre les fermières.

Mᵐᵉ Blanchet était une jeune femme toute mince, toute mignonne, qui montait à cheval, jouait du piano et chantait des romances.

— « Une petite pimbêche, une vraie poupée de ville! disait la plantureuse Mᵐᵉ Liotard. Ça ne daigne pas venir au marché soi-même! Ça ne sait pas seulement par quel bout on prend un poulet pour le saigner ! »

« Madame fait des manières pour tout ; sous prétexte qu'elle s'appelle Blanche et son mari Blanchet, a-t-il pas fallu que le pauvre nigaud vendit toutes celles de ses bêtes qui n'étaient pas blanches ! Si ça fait pas hausser les épaules à tous ceux qui ont le sens commun ! »

« Six chevaux de charrue, ils sont tous les six blancs, deux chevaux de *tirbury* , — Mᵐᵉ Liotard avait la faiblesse de prononcer ainsi le mot tilbury, — blancs encore ; vingt vaches à l'étable avec deux taureaux et trois paires de bœufs de labour, tout ça tout blanc comme les six cents volailles. »

« Elle a jusqu'à des dindons blancs, et un grand paon blanc qui est toujours juché sur la rampe de son perron pour gêner le monde. »

« Faut pas qu'un biquet s'avise d'être d'une autre couleur, son affaire est sûre : à la boucherie le biquot. »

«Tout ça, c'est des « giries » ; quand une bête est de bonne race, la couleur ne fait rien. »

Ces derniers mots eussent pu faire croire que Mme Liotard ne regardait pas à la robe de ses bêtes ; mais la vérité vraie, c'est qu'elle ne souffrait aucune robe blanche en dehors de la race ovine.

La ferme de Mme Liotard, qu'on appelait « Les Courtils », était à gauche de la Voulzie, en amont de la ville ; celle des Blanchet était à droite en aval, et toutes les deux produisaient un revenu d'autant plus gros aux fermiers que ceux-ci étaient en même temps propriétaires.

Les trois quarts viennent de sonner à l'hôtel de ville de Provins ; M. Flamand, qui est en même temps agent de ville, allumeur de gaz et crieur public, est sur pied ; voici bientôt l'heure de la fermeture du marché.

On termine en toute hâte les affaires entamées, on commence à réintégrer dans les paniers les mar-

chandises non vendues. C'est qu'il ne plaisante pas
ce brave Flamand, ni M. le commissaire non plus ;
dès que le quatrième quart a tinté, le nez *rouge* de
M. le commissaire apparait sur le seuil du café Martin, et le premier coup de cloche de Flamand coïncide
toujours avec le deuxième coup de l'heure.

Comme par enchantement, les enveloppes de toile
blanche ont été enlevées, pliées, enfermées dans des
paniers vides ; les fermières apparaissent comme de
brillants papillons sur un fond bizarre de paille
blonde et d'osier roux. Les fermiers sortent très
animés du café Martin, ils topent une dernière fois
pour les marchés conclus et montent, qui dans son
break, qui dans son tilbury, qui dans son américaine,
pour aller rejoindre leurs épouses et faire avec elles
les courses, les emplettes ou les visites qu'on ne
manque jamais de faire le samedi, après la fermeture du marché.

Au milieu de ces fleurs d'élégance si rapidement
débarrassées de leurs voiles, Mme Liotard n'est pas la
moins éclatante.

Dame ! c'est qu'on a de quoi, aux Courtils !

Les fermières donnent le dernier coup d'œil du
maitre aux paniers que des domestiques vont rem-
porter, elles font bouffer leur robe, rajustent leur coiffure, mettent leurs gants.

— Viens, mon poulet ! dit Mme Liotard.

Alors, on voit émerger d'un nid douillet de foin et

de paille fraîche, une tête noire et frisée, puis un
visage rougeaud éclairé de deux grands yeux rieurs,
et le poulet de Mme Liotard apparaît enfin tout entier
dans son costume pimpant de garçonnet riche et gâté.

Le poulet de Mme Liotard, c'était son fils Aristide.

Il poussait un peu à l'aventure, ses parents n'ayant
jamais pu prendre sur eux de le contraindre ou de le
contrarier.

— Pleure pas, mon Poulet, disait la mère quand le
père parlait un peu fort.

— L'écoute pas, m'ami, disait le fermier, quand
Mme Liotard grondait par hasard son fils.

Heureusement pour le Poulet, il avait une nature
intelligente et droite qui résistait à ce beau système
d'éducation.

Toujours par voies et par chemins, il était devenu
plus fort, plus hardi que ne le comportait son âge ;
mais il était demeuré aussi ignorant que les petits
paysans en compagnie desquels il avait coutume de
parcourir les environs pour aller cueillir des fraises
ou des noisettes, suivant la saison, « dénicher des
nids », prendre des oiseaux à la pipée ou faire des
parties de natation dans la Voulzie avec accompa-
gnement obligé de batailles à coups de poing dont le
Poulet sortait toujours vainqueur.

Inutile de dire que si ses parents, enchantés de ses
hauts faits, en accueillaient le récit par d'encoura-
geants : « T'as bien fait, m'ami ! » ou : « Viens, que je

t'embrasse, mon poulet », Aristide Liotard s'était
concilié peu d'amis dans le pays.

Il s'en souciait du reste médiocrement, sachant
occuper ses loisirs aussi agréablement quand il était
seul que lorsqu'il était en compagnie.

Un jour que, couché à plat ventre dans l'herbe, il
s'efforçait d'attraper avec sa casquette les petits poissons qui prenaient leurs ébats dans les flots clairs de
la Voulzie, il fut interpellé par une voix d'enfant qui
lui demandait ce qu'il faisait là.

— Je pêche des savetiers, dit-il.

— Des savetiers dans la rivière ?

— Bien sûr ! puisque ce sont des poissons ; on les
appelle comme ça parce qu'ils ont de grandes aiguilles sur le dos.

— Ah ! oui ! je sais ; maman dit que ce sont des
épinoches ; ce sont les petits paysans qui les appel-
lent des savetiers : tu es donc un petit paysan, toi, dis?

— Je suis Aristide Liotard, dit aigrement le pêcheur, et je ne suis pas un paysan, tu sauras ça.

Il se redressa fièrement et pour la première fois
considéra celle qui lui parlait.

Elle était très blonde ; le soleil, qui l'éclairait par
derrière, mettait comme un nimbe autour de sa petite
tête fine.

— Ah ! c'est toi, Aristide Liotard?

Elle eut une inflexion indéfinissable dans la voix en
disant cela, et elle enveloppa le garçonnet d'un long

regard inquisiteur, presque un regard de femme.

— On dit dans le pays que tu es méchant, est-ce vrai ?

— Je suis méchant avec ceux qui me déplaisent.

— Est-ce que je te déplais, moi ?

Il haussa les épaules ; décidément cette petite était niaise.

Il se remit à pêcher, sans plus s'occuper d'elle, bien qu'elle demeurât debout sur l'autre rive, séparée de lui seulement par l'étroite rivière

 « Qu'un géant d'un seul pas enjamberait sans peine »

d'après l'expression d'Hégésippe Moreau, le poète de Provins.

Les petits poissons étaient las sans doute, ou bien ils avaient perdu leur défiance première ; toujours est-il qu'ils s'arrêtèrent dans la casquette béante sur leur route et se laissèrent enlever à la rivière natale.

— J'en ai trois, quatre, cinq, six, cria le petit pêcheur.

— Des savetiers ? demanda la petite fille, oubliant que ce terme appartenait au vocabulaire des petits paysans, pour lesquels elle avait l'air de professer un parfait dédain.

S'il avait été dans ses mauvais jours, le Poulet aurait sans doute murmuré : Est-ce assez mioche! ça ne sait rien !

Soit que la fraîcheur de la brise printanière ou les

molles émanations qui montaient du sol rafraichi
par la rosée eussent détendu ses nerfs, soit que le
regard des jolis yeux bleus qui se fixaient sur lui eût
adouci son humeur d'ordinaire assez revêche, il répondit simplement que c'était des vairons.

— Ah ! fit la petite, ils sont jolis, dis?

— Je ne sais pas, je vais te les montrer.

Dire et faire n'étaient jamais très éloignés pour lui,
et le voilà dans la rivière.

— Non, non ! cria la petite, je ne veux pas : si tu
allais te noyer !

— Qu'est-ce que ça te fait ? tu ne me connais pas !

Interloquée par cette brusque réponse, la petite
resta la bouche bée, interrogeant sa pensée pour
trouver une réponse à cette leçon d'égoïsme dont sa
délicatesse était profondément froissée.

Le Poulet avait déjà de l'eau jusqu'aux genoux.

— Non, non, va-t-en, retourne, cria encore la petite,
et elle ajouta presque bas : Je ne te connaissais pas
tout à l'heure; mais je te connais maintenant, puisque
je t'ai parlé et que tu m'as dit ton nom, je ne veux pas
que tu te noies pour me faire voir des vairons, je ne
veux pas les voir maintenant.

— As pas peur! répondit le Poulet, il n'y a pas d'eau
de quoi noyer un chat. Tiens, m'y voilà : une, deux,
gare, je saute.

Et il bondit sur la berge, très fier de son exploit.

C'est ainsi que les deux héritiers des fermes ri-

vales firent connaissance par un beau jour de printemps.

Et ce ne fut pas un jour sans lendemain, comme
tant d'autres jours riants de votre vie ou de la mienne;
dès que luisait un rayon de soleil, ils accouraient
dans la prairie, et le Poulet, qui n'était pas un géant,
enjambait la Voulzie en plusieurs pas pour aller
rejoindre sa petite amie.

Au temps des bluets et des coquelicots, la fillette
eut envie de traverser la rivière à son tour, pour se
cueillir elle-même un bouquet.

— Puisque je t'en fais un tous les jours, ma Blonde!
(ma Blonde était le nom d'amitié que M. Blanchet
donnait à sa fille; et le Poulet, le trouvant plus joli
que Caliste, l'avait adopté aussi).

La Blonde s'obstinait, Aristide alla chercher une
planche, la traîna jusqu'à la berge et la poussa jusqu'à ce qu'elle touchât l'autre bord.

Les jours suivants, en attendant la Blonde, il
planta des pieux de chaque côté, les réunit par des
branches de saule enlacées et finit peu à peu par édifier une passerelle rustique qui excita, au plus haut
point, l'admiration de Mme Liotard.

« C'était pas, Dieu possible, qu'un gamin qui n'a-
vait pas plus de dix ans eût pu faire cela à lui tout
seul et de son idée !

« Il faudrait chercher loin pour en trouver un
autre aussi ingénieux. »

Roméo et Juliette resserraient chaque jour le lien de leur amitié enfantine sans que les fermières rivales en eussent le moindre soupçon. Pourtant un jour l'orage faillit éclater sur leur tête.

Hardi comme un page, Roméo s'était aventuré jusque chez l'ennemi ; il avait rapporté de la basse-cour un bel œuf rose que lui avait donné sa Juliette, et l'avait glissé clandestinement parmi ceux que sa mère avait confiés aux soins de la meilleure couveuse de la ferme.

Vingt et un jours après, la fermière avait pu voir, au milieu des poulets frais éclos, un énorme poussin auquel son bec puissant, ses jambes robustes et nues donnaient la tournure d'un autruchon.

— « Qu'est-ce que c'est que ça ? demanda-t-elle, ainsi qu'elle le faisait chaque fois qu'il se passait quelque chose d'insolite ; un poulet russe chez moi ! qui est-ce qui m'a apporté ce vilain poussin à pattes jaunes ? Attends, attends ! je vas te donner ton compte ; je veux pas de ça chez moi. »

Le poussin, planté droit devant un plat plein d'eau buvait majestueusement, sans s'inquiéter de ces menaces, tout porte à croire qu'il aurait été victime de son insouciance, si Aristide n'était accouru à son secours.

Il expliqua, en négligeant prudemment certaines circonstances, notamment sa visite à la ferme Blanchet et les fréquentes incursions de la Blonde sur le

territoire des Courtils, qu'il avait rencontré Caliste
Blanchet.

Il lui avait pêché des vairons, et elle lui avait donné

Le poussin buvait sans s'inquiéter.

un gros œuf rose qu'il avait mis à couver pour voir
ce qu'il en sortirait.

« — T'es donc devenu bête, mon Poulet, qu'est-ce
que tu veux qui sorte d'un œuf ? Ça ne peut jamais
être qu'un poussin. Tu vas pas le garder ce
poussin-là, pas vrai, il est trop laid ! »

Aristide n'examinait pas si le poussin était beau ou laid, il l'avait reçu de sa Blonde, c'était assez pour qu'il ne voulût pas le sacrifier. Il finit par obtenir la permission de le conserver, à condition de cesser désor-mais toute relation avec la petite chipie de chez les Blanchet.

Ce fut ainsi que la race russe, la plus grande de toutes celles qui sont issues du Coq Iago de Java, ce géant des gallinacés, fit son apparition aux Courtils.

Comme, en lui intimant l'ordre de ne plus revoir Caliste, sa mère n'avait exigé de lui ni promesse, ni serment, Aristide se considéra comme parfaitement libre de faire à cet égard ce que bon lui semblerait, et il retourna folâtrer tous les jours dans la prairie en compagnie de sa Blonde.

L'automne arriva sans que les deux enfants eussent songé qu'il leur faudrait un jour interrompre leurs causeries et leurs jeux.

Les dernières feuilles des peupliers jonchaient le gazon, déjà marquetées de taches brunes par l'humidité, une légère buée blanche montait des prairies, noyant dans ses plis nacrés les troncs dépouillés des arbres, la cabane du berger et les moutons qui paissaient dans la plaine.

Aristide était en retard contre son habitude : sa petite amie l'attendait, debout au milieu de sa passerelle.

Avec sa robe claire, ses cheveux blonds flottants

ses formes délicates, elle apparaissait dans la brume comme une vague silhouette d'une indécision de fantôme.

Le Poulet sentit son cœur serré en apercevant sa Blonde si pâle à travers la pâleur automnale, il lui semblait qu'elle allait tout à coup ouvrir deux ailes blanches comme celles des anges de Sainte-Croix et s'envoler pour jamais.

Elle serrait quelque chose sur sa poitrine. Aristide n'osa pas lui crier : « Qu'as-tu là ? » La solennité qui se dégageait de la terre assoupie et voilée, le sentiment qui l'envahissait d'un malheur prochain, lui faisaient craindre de troubler le silence des choses ; mais il se hâta, courut à grandes enjambées à travers l'herbe mouillée.

— Tu viens tard, fit la petite, quand il la rejoignit, un peu essoufflé de la rapidité de sa course et aussi de la crainte vague qui lui serrait le cœur.

— Je viens toujours tard, dit-il.

— Non, pas toujours.

— Je viens peut-être assez tôt pour toi, reprit-il de son ton bourru ; pour moi, c'est différent. Que tiens-tu là ?

C'était une jolie poule blanche.

Caliste la caressa sans répondre, puis, d'une voix dans laquelle tremblaient des larmes, elle demanda :

— Est-ce que tu iras en pension, toi ?

En pension ? non, il n'était pas question de l'y envoyer ; pourquoi parlait-elle de cela ?

Parce qu'elle allait partir dans quelques jours. Non pour entrer chez les Dames Célestines de la Ville haute, ce qui n'aurait pas fait grand'chose, car on se serait encore rencontré au bord de la Voulzie, le dimanche et les jours de fête.

C'était bien pis, on l'envoyait à Paris, dans le pensionnat où sa mère avait été élevée ; elle ne reviendrait qu'aux grandes vacances, elle avait bien du chagrin.

Elle s'interrompit tout court, embrassa tendrement la poule blanche et la mit dans les bras d'Aristide.

— Tu la soigneras bien, dit-elle. Elle est tout à fait privée, elle mange dans la main, elle accourt dès qu'elle entend son nom, elle s'appelle Blanche. Tu ne la laisseras pas mourir, n'est-ce pas ? en attendant que je revienne, ni tuer non plus ? fit-elle avec hésitation. Je sais que ta mère tue toutes les bêtes blanches qui naissent chez elle ; mais j'ai cru que tu serais bien aise d'avoir un souvenir de moi.

Tu ne la laisseras pas tuer ? reprit-elle avec insistance, en le regardant anxieusement.

— Je voudrais bien voir que quelqu'un s'avisât de toucher à ce qui m'appartient ! répondit le Poulet, et, redressant la tête avec une résolution un peu sauvage : Maman, pas plus que d'autres, mets-toi ça dans la cervelle, ma Blonde, et dors tranquille.

Il la reconduisit jusqu'à la route, d'où il la regarda rentrer à la ferme Blanchet, puis regagna lentement son logis, serrant toujours entre ses bras la poule qui se débattait, ne reconnaissant plus l'étreinte de sa jeune maîtresse.

Quoi qu'il en eût dit à sa petite amie, Aristide ne méprisait pas tout à fait l'autorité maternelle, aussi ne crut-il pas devoir mettre sous les yeux de madame Liotard le dépôt dont il était chargé.

Il alla donc porter la poule blanche dans un grenier à fourrage où il l'enferma pour la nuit, se promettant de chercher un endroit sûr pour l'y soigner à l'insu de tout le monde jusqu'au retour de la Blonde.

A ce moment, la séparation lui apparaissait plus triste que lorsqu'il en avait reçu la nouvelle.

Il se voyait si esseulé pendant les longs jours d'hiver ! Pour qui cueillerait-il les colchiques dont les délicates fleurs lilas commençaient à poindre ? Sa mère se souciait fort peu des bouquets.

Et quand le printemps reviendrait avec ses longs jours ensoleillés, que ferait-il ? La prairie serait sans doute bien vide, les heures bien lentes.

Il s'était désaccoutumé, sous l'influence de Caliste, de ses turbulents compagnons et de ses jeux d'autrefois ; elle partie, il ne voyait plus devant lui que la solitude.

Puis, sa pensée se reportait vers Caliste. Comment était-on dans les pensionnats ?

D'abord, on était enfermé derrière de grands murs comme celui des Dames Célestines de la Ville haute, qui borde tout un côté de la rue et ne laisse entrevoir ni un voile de nonne, ni un visage de pensionnaire, ni un brin de verdure, ce grand mur mystérieux qu'il avait si souvent longé quand il accompagnait sa mère dans les visites du samedi.

Comme elle allait s'ennuyer, la pauvre Blonde ! Elle penserait plus d'une fois, par les beaux jours, à leurs promenades dans la campagne, et elle pleurerait sans doute, elle qui pleurait si facilement.

Le Poulet rumina toutes ces pensées et d'autres d'autant plus affligeantes qu'elles étaient plus vagues, sans que personne se doutât de ses préoccupations.

Il se consolait de l'absence de Caliste en parlant d'elle à la poule blanche, toujours renfermée dans le fenil. Aristide avait réussi pendant un certain temps à dissimuler la présence de cette poule de contrebande ; mais, ainsi que le disait souvent la fermière dans son langage sentencieux, tant va la cruche à l'eau qu'à la fin elle casse, et la cruche cassa.

Chacun a ses heures de négligence et de lassitude ; par une orageuse après-midi d'avril, le Poulet s'endormit sans songer ni à s'assurer qu'il avait bien fermé la porte, ni à réintégrer Blanchette dans la cage qu'il lui avait aménagée au coin le plus sombre du grenier.

Il s'était assis dans le foin, chantonnant une monotone complainte dont il interrompait de temps en temps la mélopée traînante pour mordre dans une pomme, le sommeil l'avait pris, et, sans lâcher sa pomme, il s'était mis à rêver de sa Blonde, captive aussi là-bas.

Blanchette allait, venait, becquetait la pomme au passage et hasardait de discrets *kott, kott, kott, kodek,* pour s'assurer qu'elle pourrait encore caqueter à l'occasion.

Un gai rayon de lumière filtrait à travers l'entrebâillement de la porte. Pour une poule qui n'a pas vu le soleil en face depuis plusieurs mois, c'était engageant. Blanchette dirigea sa promenade de ce côté, pas pour s'en aller, oh non ! pour voir seulement.

Ce qu'elle vit était si beau qu'elle oublia sa position délicate et cria à tue-tête : *kott, kott, kodek.* Eh ! les poules, là-bas, venez donc causer un brin avec moi !

Comme on ne répondait pas assez vite au gré de ses désirs, elle descendit un premier échelon, *kott, kott ;* un second, *kott, kott, kott ;* un troisième, toute l'échelle, et se trouva en plein poulailler, *kott, kott, kott, kodek, kott, kodek.*

La curiosité n'est pas l'apanage de la seule humanité : aussi ne fut-il pas difficile à la nouvelle venue d'entrer en conversation avec les habitants de la basse-cour ; on lui demandait d'où elle venait, qui elle était, si elle savait des nouvelles ; on lui montrait les perchoirs, les nids préparés pour la ponte avec un œuf

On la présentait aux couveuses installées dans leurs paniers.

de plâtre au fond, on la présentait aux couveuses installées dans leurs paniers ; c'était un empressement,
une cordialité à ravir d'aise une poule plus difficile à
contenter que l'aimable Blanchette.

Pendant ce temps, Aristide dormait à poings fermés
sur sa couche odorante, toujours rêvant de Caliste et
aussi de la jolie poule blanche qui picotait la pomme
qu'il tenait à la main. Comme elle avait peur de réveil-
ler le dormeur, elle lançait furtivement de rapides
coups de bec qui allaient quelquefois frapper à côté
du fruit convoité. Les coups de becs se réitérèrent si
souvent, la sensation de la piqûre devint si aiguë, que
l'enfant s'éveilla. Il se frotta les yeux, regarda autour
de lui ; c'était impossible, il rêvait encore ! Pourtant,
il était bien dans le grenier, avec une pomme enta-
mée à la main, en compagnie d'une poule. Oui, mais
quelle poule ! une vulgaire poule normande toute
brune.

Le Poulet ne croyait pas aux enchanteurs par la
bonne raison qu'il n'en avait jamais entendu parler,
ce qui lui évita de tomber dans une erreur compro-
mettante en s'imaginant que Blanchette et la poule
marron ne faisaient qu'un seul individu ; mais il n'en
comprenait pas mieux la situation pour cela, étant
encore enivré de sommeil.

Un *kott, kodek* bien connu le rappela complètement
à la réalité ; l'épouvante le prit, il dégringola l'échelle
du fenil plutôt qu'il ne la descendit, et se trouva in-

continent en face de sa mère qui criait de sa voix des grands jours :

— « Qu'est-ce que c'est que ça ? en poursuivant l'imprudente Blanchette.

— Ça, glapit le Poulet, c'est ma poule, et personne n'y touchera.

— Oui dà, c'est toi qui empêcheras qu'on y touche, pas vrai ?

— C'est moi, bien certainement !

— J'y toucherai, si je veux.

Le ton de la fermière était au moins d'un octave plus bas sur ces derniers mots.

La résolution peinte dans toute la contenance d'Aristide, le regard farouche de ses yeux noirs inspiraient à Mme Liotard plus d'admiration que de colère, et ce fut tout à fait doucement qu'elle conseilla au petit garçon de mettre sa poule dans une des cages de la faisanderie où elle la ferait soigner.

Seulement, il ne fallait pas lui dire que ça venait de la ferme aux Blanchet, sans quoi.... elle fit le geste de tordre le cou à la malheureuse volaille.

— Eh bien ! si, ça en vient ! s'écria le Poulet en se campant devant sa mère. J'ai promis de ne pas la laisser tuer, je tiendrai ma promesse, ou bien....

— Ou bien quoi, gros nigaud, qu'est-ce que tu feras ?

En réalité, Aristide ne savait pas trop ce qu'il pourrait bien faire, mais il se voyait au bord de la Voulzie, forcé d'avouer à la Blonde qu'il n'avait pas eu plus d'énergie que le premier oison venu, et qu'il n'avait pas su protéger Blanchette.

La Blonde le regardait alors d'un air méprisant et s'en allait pour ne plus revenir.

C'en était trop pour son tendre petit cœur d'enfant, il enfouit sa tête dans le giron de sa mère et pleura, sanglota, suffoqua dans des élans de désespoir à fendre l'âme.

La victoire fut décidée par cette explosion de sentiment. Mme Liotard sentit ses propres yeux se mouiller de larmes et, comprenant qu'il n'y avait pas d'autre moyen de consoler son fils, elle lui dit en le berçant entre ses bras pour l'apaiser :

— T'inquiètes pas, mon Poulet, on ne lui fera pas de mal à ta poule, puisque tu y tiens tant. Tu sais bien que ta mère ne te contrarie jamais, tu sais ça, oui, pas vrai ? Fais-lui un becquot pour dire que tu ne lui en veux plus, à ta mère. Tu ne lui en veux plus, pas vrai, mon Poulet ?

— Je t'en voudrai si tu fais du mal à ma Blanchette, car il était sûr désormais de tenir sa promesse.

Les vacances vinrent sans ramener le bonheur perdu. Les Blanchet donnaient tout à fait dans la haute, suivant l'expression de Mme Liotard ; ils allaient aux eaux tous les ans comme les richards.

Aristide vit à peine Caliste deux ou trois fois, et ces courtes entrevues lui laissèrent plus de chagrin que de joie.

Ils ne parlaient plus la même langue ; ce qui était autrefois le grand intérêt de leurs jours était indifférent à la petite fille. Aristide cherchait en vain sa Blonde en elle, il ne trouvait que Mlle Caliste Blanchet, une jeune personne réservée qui soignait son langage, veillait sur son maintien, faisait attention à sa toilette et qui lui disait vous.

Elle le remercia froidement des soins qu'il avait donnés à Blanchette et dit :

— Comme j'étais sotte dans ce temps-là !

Il rentra tout triste, sans pouvoir s'expliquer pourquoi, et ne retourna pas attendre Caliste à la passerelle.

Ils ne se virent ni l'année d'après, ni les deux ou trois qui suivirent ; quand ils se rencontrèrent ensuite, ils furent surpris de se trouver si changés.

Elle hésita un peu à reconnaître son ancien compagnon dans ce collégien aux manières empruntées qu'elle trouvait un peu ridicule ; mais lui, vit bien que c'était sa Blonde, cette grande jeune fille, mince comme un roseau, élégante et jolie. Elle avait toujours ses cheveux dorés, ses yeux clairs, son teint transparent et ce sourire méprisant qu'il connaissait si bien ; c'était avec ce sourire-là qu'elle lui avait dit : tu es donc un paysan, toi ?

C'était devant l'Hôtel-Dieu, tout à côté de la fontaine, le Poulet venait du collège et allait rejoindre son

Pendant ce temps, Aristide dormait à poings fermés.

père au café Martin, Mme Blanchet et sa fille montaient
à la ville haute.

Aristide s'arrêta, très rouge, ne sachant s'il
devait saluer ou s'éloigner sans rien dire.

Caliste chuchota quelques mots à sa mère et passa
avec un signe de tête et un sourire.

Quel sourire ! Ce n'était plus du tout le même que
l'instant d'auparavant, c'était un sourire si radieux
que la vieille façade de l'hôpital et les pierres noires
de la fontaine en avaient été illuminées.

— Elle est revenue ! cria Aristide à son père, au
seuil du café Martin.

— Qui ça ? demanda le fermier.

Le Poulet se mordit les lèvres sans répondre, il
venait de se souvenir à temps de la rivalité des Courtils et de la ferme Blanchet.

Aristide inquiéta sa mère, ce soir-là, par ses alter-
natives d'épanouissement et de tristesse.

Il ne cessait de penser à Caliste : tantôt le visage
illuminé par le souvenir du radieux sourire, tantôt
assombri par l'inquiétude de l'avenir.

La reverrait-il, reviendrait-elle à la prairie? Il avait
entretenu la passerelle avec soin, se donnant parfois
l'illusion qu'elle allait y apparaître avec ses boucles
blondes que le soleil emplissait de rayons, et, à présent qu'elle était là, qu'elle était revenue à la ferme
pour toujours, il doutait qu'il pût jamais la voir passer la Voulzie pour venir à lui.

Alors, à quoi bon cette passerelle? à lui rappeler les
jours d'autrefois? ce n'était guère la peine, il la démo-
lirait. Certainement personne n'en avait besoin, lui
pas plus que les autres, moins encore que les autres ;
qu'est-ce qu'il irait faire sur les terres de la ferme
Blanchet?

La vieille poule vivait toujours, sa mère la lui soignait pendant qu'il était au collège ; cela intéresse-
rait peut-être Caliste de le savoir; mais non, Mlle Blanchet était devenue une trop élégante personne pour
s'occuper de cela; s'il allait lui en parler, elle répon-
drait comme elle l'avait déjà fait une fois : Comme
j'étais sotte dans ce temps-là !

Et pourtant, si elle souriait comme elle avait souri
auprès de la vieille fontaine ?

Puis, il se disait qu'elle ne resterait peut-être pas
longtemps chez ses parents. Elle avait seize ans, avec
sa fortune et sa beauté, elle trouverait bien vite un
mari, quelque beau fils de la magistrature ou même
de la noblesse, pas un paysan comme lui, et elle serait déjà partie quand il reviendrait à son tour.

Cela vaudrait peut-être mieux, car il reviendrait
pour se faire paysan tout de bon, conduire lui-même
la charrue, la herse, le rouleau, le semoir, la mois-
sonneuse, et quand elle le verrait au milieu de ses
occupations agricoles, ce ne serait plus avec son lu-
mineux sourire qu'elle le regarderait, mais avec cet

autre sourire qu'il connaissait aussi, un sourire méprisant qui lui briserait le cœur.

Pauvre Aristide ! lui si vaillant, il se sentit tout découragé à la pensée du dédain d'une petite pensionnaire.

— Iras-tu demain à Nangis avec ton père, mon
Poulet ? lui demanda sa mère.

Il fut tenté de répondre oui pour s'enlever la
chance d'une déception en allant à la prairie ; mais il
dit non, en pensant qu'elle y viendrait peut-être et
serait affligée de ne point l'y trouver.

Le lendemain matin, il avait changé d'idée et monta
dans le tilbury avec le fermier. Comme on passait en
vue du pont jeté sur la Voulzie à deux ou trois cents
mètres de la ferme Blanchet, il pria tout à coup son
père de le laisser descendre ; il avait oublié, disait-il,
qu'il avait des leçons à préparer pour le lendemain, il
fallait absolument qu'il rentrât bien vite aux Courtils.

— T'inquiètes donc pas, m'ami, lui dit son père, tu
travailles bien assez en semaine, je ne t'ai pas si souvent avec moi, reste, m'ami.

Il s'entêta, il ne pouvait remettre ce travail.

M. Liotard arrêta son cheval et dut être satisfait du
zèle d'Aristide pour l'étude s'il le mesura à la rapidité
avec laquelle son fils s'éloigna.

Au premier tournant de la route, le jeune homme
s'arrêta pour écouter le bruit de la voiture paternelle
s'éteindre peu à peu, puis il reprit sa course, mais
pas tout à fait dans la direction des Courtils. Au

bout d'un certain temps, il modéra son pas pour se donner l'allure d'un promeneur indifférent. La grande route est à tout le monde, tout le monde peut y passer ; mais on n'a pas besoin de faire croire qu'on y a été attiré par la vue d'un grand parasol rouge ombrageant une forme svelte penchée au-dessus du parapet d'un pont.

D'ailleurs est-ce qu'il savait qui était cette jeune femme ? elle était trop loin pour qu'il pût voir ses traits, et, de plus, elle tournait le dos.

Il ignorait certainement qui elle était, et pendant qu'il cherchait à s'abuser lui-même, son cœur qui battait à l'étouffer, lui répétait à chaque pulsation que c'était sa Blonde.

Comme il allait s'engager sur le pont, il fut repris de la crainte d'être mal accueilli, il se dit qu'il ferait mieux de rebrousser chemin avant d'avoir été aperçu, et rétrograda de quelques pas.

— Est-ce moi qui vous fais peur, Monsieur Aristide ? lui cria une voix moqueuse, mais amicale.

Il se rapprocha sans répondre ; quand il fut tout près d'elle, elle lui tendit la main avec un sourire, le beau sourire de la veille.

En l'appelant, elle avait cru reprendre les causeries d'autrefois où elles en étaient restées, et voilà qu'un soudain embarras l'envahissait ; elle demeurait penchée au-dessus de la rivière, très occupée en apparence d'une troupe de canards blancs qui en pourchassaient

Occupée d'une troupe de canards blancs qui en poursuivaient un à tête verte.

un à tête verte, et dont l'un, après lui avoir enlevé sa proie, était poursuivi par les autres à son tour.

Elle leur jetait des poignées d'herbe ; elle paraissait prendre le plus vif intérêt à les voir se poursuivre étendus sur l'eau qui refluait en vagues brillantes autour d'eux.

L'herbe s'épuisait dans le petit panier qu'elle portait au bras gauche ; la dernière poignée jetée, force lui fut de relever la tête.

Aristide s'était penché aussi au-dessus de la rivière, il sentait qu'il aurait dû parler et ne trouvait rien à dire ; ce n'était pourtant pas la peine d'être venu là pour considérer les jeux d'une demi-douzaine de canards. Il se gourmandait intérieurement de sa sottise ; mais les mots ne lui venaient pas. Caliste s'était mise à marcher, il marcha à côté d'elle sans prendre garde au chemin qu'elle suivait ; il le reconnut quand il sentit l'herbe des prés sous son pied, au lieu du sol dur de la route.

Elle le regardait en dessous en parlant avec volubilité ; elle était sortie pour aller faire une commission au moulin, elle n'avait pas rencontré le meunier, elle s'était arrêtée un instant sur le pont parce que les canards l'amusaient beaucoup, elle avait été très surprise d'y rencontrer Aristide qu'elle croyait à Nangis. Au fait, comment s'était-il trouvé auprès du moulin, puisqu'un domestique de la ferme Blanchet l'avait vu partir en voiture, une heure auparavant ?

Il répondit qu'il avait à travailler.

— C'était dommage, parce....

— Parce que?

— Oh ! rien.

Ils étaient arrivés tout près de la vieille passerelle. Mlle Blanchet s'assit sur une pierre moussue, et, regardant Aristide de ses yeux clairs qui avaient conservé leur regard d'enfant, elle dit tout à coup, en reprenant la familiarité des temps passés :

— Y viens-tu souvent, dis? Moi, depuis que je suis à la maison, je viens tous les jours ; je sais bien que tu es là-haut dans ton vilain collège, mais ça ne fait rien, je t'attends tout de même, et tu vois, te voilà ! Comme nous nous sommes amusés ici ! y a-t-il toujours autant de pâquerettes au printemps et de colchiques à l'automne ? Tu ne sais pas, tu ne sors que le dimanche.

Quand auras-tu fini tes études ? Bientôt, j'espère ; mais tu auras autre chose à faire que de venir flâner ici ; moi aussi, du reste.

— Vous ? fit-il tout surpris.

— Oui, moi. Il faut bien que j'apprenne à conduire une ferme pour être au courant quand je me marierai. Vois-tu, une femme entendue est pour beaucoup dans la prospérité d'une maison.

— Vous ne serez pas fermière ?

— Je le serai si je me marie avec un fermier.

— Vous n'épouserez pas un fermier ?

— Que trouves-tu d'impossible à cela? Cela te con-
trarierait-il ?

Elle éclata d'un petit rire à elle, très bref et **très**
perlé. C'était bien la même Caliste qu'il avait connue
jadis, seulement elle avait eu tort de lui parler de ses
projets de mariage, cela lui rappelait qu'elle était d'un
âge à exclure toute familiarité entre eux.

Elle lui fit une place auprès d'elle, et, quand il fut
assis, elle passa son bras sous le sien par une habitude enfantine qui lui revenait comme son rire fo-
lâtre, ses regards espiègles et l'ancien tutoiement.

— Et ma poule, qu'en as-tu fait, vit-elle encore ?

Elle vivait ; repris par les anciens souvenirs, il lui
raconta toutes les péripéties de l'installation de Blanchette dans la faisanderie et de son existence pendant
les cinq années écoulées. Elle était devenue très
grasse et ne pondait presque plus.

— Veux-tu la voir ?

Lui aussi reprenait les vieilles habitudes.

— Oui, mais comment faire ? Maman me gronderait
peut-être, si j'allais chez toi, comme ça, toute seule,
sans être invitée, et puis ta mère ne serait pas contente non plus ; elle ne nous aime pas, ta mère.

Il faudra pourtant bien qu'elle s'habitue à me voir
souvent maintenant, notre place est à côté de la
sienne au marché, et je vais bientôt remplacer
Bazilienne. Tu verras la bonne marchande que je
ferai !

Elle éclata de son petit rire, puis reprit un air pensif et répéta : Comment faire ?

— Attends-moi là, ma Blonde, s'écria le Poulet !

La faisanderie n'était pas loin pour ses longues jambes ; il reparut bientôt avec la vieille Blanchette qu'il mit dans les bras de son ancienne maîtresse.

— Dis qu'on ne te l'a pas bien soignée, ta poule ! Elle ne te reconnaîtra pas ; les oiseaux oublient leurs maîtres, ils ne se souviennent que des localités, et encore pas tous ; une poule perdue ne retrouve pas sa demeure.

Caliste caressait Blanchette, très joyeuse et un peu émue aussi, car, au fond du cœur, elle se disait qu'elle avait bien été pour quelque chose dans les soins qu'Aristide avait donnés à sa poule.

Le soleil s'élevait à l'horizon, il était bientôt temps de rentrer, si les jeunes gens voulaient être exacts pour le repas du milieu du jour. Ce fut Caliste qui donna le signal du départ en se levant et en remettant Blanchette à Aristide.

Il la regarda s'éloigner vive et légère, baignée de la chaude lumière de midi, puis il reprit à son tour le chemin de son logis, mettant à chaque pas un baiser sur la plume ébouriffée de la vieille poule.

Ils ne se revirent pas le lendemain, Aristide partait de trop grand matin pour le collège ; mais, en faisant sa promenade accoutumée, la jeune fille trouva, au beau milieu de la passerelle, un petit panier qui contenait deux œufs sur lesquels on avait écrit au crayon : *de la part de Blanchette*, avec un gros bouquet de roses. Bien que le bouquet ne portât pas d'inscription, Caliste sut tout de suite à qui elle devait en attribuer l'envoi.

Mademoiselle Blanchet fut fidèle au programme qu'elle avait exposé à son ami d'enfance ; elle se multipliait à la maison, donnant à tout le coup d'œil du maître. Mme Liotard elle-même n'était pas plus active.

Le samedi, quand il sortait de bonne heure, au lieu d'aller rejoindre son père au café Martin, Aristide se rendait sur le marché et restait auprès de sa mère. Assis sur un panier vide, il donnait à ses yeux cette fête de contempler Caliste jusqu'à l'instant où le trop exact Flamand sonnait la fermeture.

Ses études étant achevées, il était revenu sous le toit paternel et commençait à suppléer son père dans une partie des travaux de la ferme.

La rivalité subsistait bien encore entre les Blanchet et les Liotard, mais une rivalité rendue plus courtoise par l'entente des générations nouvelles ; on avait déjà surpris Mme Liotard faisant l'éloge de la Blonde, « une rude fille avec ses airs délicats et sa belle éducation. C'était une Blanchet, celle-là, et une vraie, pas une poupée comme sa mère. »

Le Poulet s'était peu à peu familiarisé avec l'idée que Caliste pouvait épouser un fermier ; il y avait été aidé par cette idée accessoire que cet heureux fermier pourrait bien être M. Aristide Liotard des Courtils.

Il n'en avait rien dit à personne, pas même à sa Blonde,
pour laquelle il n'avait que ce seul secret; il attendait
patiemment que l'heure fût venue pour tous deux de
songer à s'établir.

Au milieu de ce calme bonheur, éclata tout à coup la
nouvelle d'une guerre avec l'Allemagne.

Aristide courut aussitôt à la place pour s'engager ;
impossible, il n'avait pas l'âge.

— Il s'en fallait de si peu qu'en temps de guerre
on ne devait pas s'arrêter à cela.

— En temps de guerre, on n'avait pas besoin de
conscrits dans les régiments.

Aristide se rongeait les poings de colère.

— Il n'y a pas d'âge qui tienne, disait sa mère, un
homme est un homme ; il doit défendre son pays quand
il en a la force ; je ne t'ai pas élevé pour être un lâche,
ah ! mais non ! Ils sont bons avec leur âge ! qu'ils me
montrent donc un soldat bâti comme ça !

On ne pouvait pourtant pas forcer la main à l'ad-
ministration militaire.

Les Prussiens venaient de franchir la frontière
après nos premières défaites.

Aristide les attendrait-il tranquillement derrière les
murs de sa ferme jusqu'au jour où ils y viendraient
réquisitionner le bétail? Non, non ! il trouverait bien
un moyen d'aller leur barrer le chemin.

Il s'exaltait en causant avec les jeunes gens de son
âge, il les haranguait en phrases ardentes, qui exci-

taient leur patriotisme, et finit par se trouver à la tête d'une compagnie de francs-tireurs, tous hardis, vaillants et accoutumés au maniement du fusil par l'habitude de la chasse.

Caliste ne l'avait pas retenu, elle lui avait dit simplement : « Fais ton devoir », et elle avait su contenir ses larmes tant qu'il avait été là.

La petite bande d'Aristide ne tarda pas à faire parler d'elle. Malheur au ulhan qui passait à portée de la balle des *Poulets* embusqués (ainsi s'étaient-ils baptisés) comme des braconniers derrière les buissons, au coin des routes, à l'abri des clôtures ou des bornes de champs : chaque coup qu'ils tiraient abattait son homme.

Avec cela, insaisissables ; là hier, ici aujourd'hui, ailleurs demain, toujours en mouvement.

Les lâches croient facilement trouver partout d'autres lâches ; des officiers prussiens promirent une récompense à qui leur livrerait les *Poulets* ou tout au moins leur chef. Il ne restait plus d'espoir d'arrêter les envahisseurs, les francs-tireurs revenaient pour tenter au moins de défendre leur famille et leur bien, puisqu'ils n'avaient pu sauver la patrie.

Tout le pays qu'ils traversaient était couvert de corps en marche et de campements allemands. Aristide arriva en vue de Provins, sain et sauf malgré les périls auxquels il avait été exposé ; le jour commençait à poindre lorsqu'il aperçut le faîte du donjon et

le dôme dont le bon goût moderne a coiffé la vieille
église de Saint-Quiriace ; il vit en même temps le casque à pointe des Prussiens sur les remparts.

Jugeant inutile de se jeter au milieu des ennemis,
seul et sans munitions comme il l'était, il passa la
journée au fond d'une hutte de cantonnier, et, la nuit
venue, il s'achemina vers les Courtils.

Il ne restait plus rien de la ferme paternelle, rien
que des murs noircis et croulants ; le piétinement
du sol aux alentours indiquait une lutte, plusieurs
élévations de terrain ressemblaient à des tombes fraî-
chement comblées.

Aristide s'assit sur les décombres pour réfléchir, si
le trouble de son esprit le lui permettait.

— Où étaient ses parents ? morts sans doute et
couchés là sous une de ces sinistres buttes.

Dans son désespoir, il se reprochait de les avoir
quittés. Qu'avait-il fait pour la patrie ? Rien. S'il était
resté, il aurait au moins protégé les siens.

Alors, une autre angoisse s'éveilla dans son cœur :
Caliste ? qu'avaient-ils fait de Caliste, ces soldats barbares.

Il partit dans la direction de la ferme Blanchet ; il
avait pris par la prairie, sans chercher à dissimuler sa
marche.

Tout à coup, il s'arrêta et prêta l'oreille.

Faiblement, de l'autre côté de la passerelle, une voix
avait modulé le cri de ralliement de ses francs-tireurs.

Aristide attendit un moment, le cri fut répété d'une voix aussi contenue que la première fois, et dès qu'il y eut répondu, une forme noire, accroupie auprès des buissons avec l'ombre desquels sa silhouette se confondait, se mit à ramper vers la passerelle.

Arrivée à la berge, l'ombre se releva et franchit le petit pont en courant : c'était Caliste.

— Tous les autres sont revenus, dit-elle rapidement à voix basse, je t'attendais ; on te cherche, suis-moi, je sais où te cacher pour quelques jours ; après, nous aviserons.

Il ne répondit pas à ce qu'elle lui disait, il l'interrogea, plein d'anxiété :

— Mon père ?

Elle lui jeta les bras au cou et pleura silencieusement.

— Ma mère aussi ? fit-il, comprenant la muette réponse.

— Non, elle est en sûreté à la ville haute, avec maman, chez notre cousin l'avocat.

— Et ton père à toi ?

Son père avait été fait prisonnier en conduisant un convoi de vivres à Paris ; elle, elle était dans une ambulance qu'on avait établie tout près de là, la ferme Blanchet était occupée par les Prussiens.

Elle reprit ses instances.

— Viens, viens, on te cherche, ils ont promis une récompense à qui te livrerait; je connais une maison sûre, je t'y cacherai jusqu'à leur départ. Le détachement qui est ici s'en va dans quelques jours, je le sais. Celui qui viendra après, s'il en vient un, n'aura pas entendu parler de toi ; suis-moi, je t'en prie, songe à ta mère, songe à moi.

— J'y songe, ma Blonde, et c'est pour cela que je ne commettrai pas la lâcheté de te compromettre pour me sauver.

— Je ne serai pas compromise, ne crains rien.

— Tu l'es peut-être déjà, des espions peuvent t'avoir suivie, va-t-en bien vite.

— Pas sans toi.

— Il le faut pourtant, car je refuse de me cacher. Sois tranquille, ma Blonde, s'ils réussissent à prendre ma vie, ils la paieront cher. J'étais revenu dans l'espoir de vous être bon à quelque chose, à mes parents, à toi. Je ne puis plus rien pour vous, laisse-moi continuer la guerre. C'est moi qui te prie maintenant, ne me contrains pas à assister tranquille au triomphe des ennemis, ne me force pas à les voir fouler aux pieds la tombe de mon père qu'il faut que je venge.

Elle l'embrassa sur la joue, — c'était leur premier baiser de fiançailles, — puis dénoua ses bras et s'effaça pour le laisser passer.

Il traversa la passerelle d'un pas ferme et disparut dans l'ombre.

Elle resta longtemps immobile à la même place avant de s'acheminer vers l'ambulance, et quand elle fut rentrée, elle demeura l'oreille tendue, épiant le moindre bruit parti de la plaine.

Tout était paisible, on n'entendait au loin que le cri des sentinelles veillant dans la nuit ; mais au petit jour, une fusillade assez vive succéda à quelques coups de fusil isolés.

C'était du côté de la ferme Blanchet ; Caliste devint toute pâle.

C'était déjà fini, l'escarmouche n'avait pas été longue ; les assaillants, trop peu nombreux, s'étaient sans doute retirés, ou bien.... Elle n'acheva pas sa pensée, elle se mit à courir follement.

Les Prussiens entouraient un franc-tireur, un des *Poulets*, reconnaissable à la plume blanche passée dans la ganse de son chapeau. C'était un homme de haute taille qui dépassait de la moitié de la tête ceux qui l'entraînaient. Caliste l'avait reconnu tout de suite ; elle précipita sa course, elle savait ce qui allait se passer et voulait les rejoindre avant.

Elle était encore loin d'eux, elle les vit s'arrêter ; le prisonnier lui fit alors face, le dos appuyé à un mur, et les soldats s'éloignèrent à la distance de tir.

Elle prit un dernier élan, et vint se jeter haletante sur la poitrine d'Aristide ; elle serait tombée s'il ne l'avait retenue dans ses bras.

Les soldats avaient abaissé leurs fusils.

— Tirez ! commanda l'officier, tirez tout de même.

— Les misérables ! ils tuent les femmes à présent!

cria une voix tonnante, en même temps qu'une fusillade s'engageait.

L'officier tomba frappé presque à bout portant.

Avant de se retourner pour faire face aux nouveaux
assaillants, quelques soldats tirèrent sur le prisonnier.

Aristide ne fut pas atteint, mais il sentit Caliste
s'affaisser dans ses bras et vit un petit filet rouge
suinter à travers son corsage.

— Oh! ma pauvre Blonde, fit-il, avec un sanglot,
encore une mort à venger.

Il la déposa doucement, à l'abri des balles, et, sai-
sissant le fusil d'un des soldats blessés, il se fraya un
chemin à coups de crosse jusqu'au premier rang des
Français.

Le soir, Mme Liotard et Mme Blanchet aperçurent, de
la ville haute, le flamboiement d'un incendie : c'était la
ferme Blanchet qui brûlait; les Prussiens l'avaient in-
cendiée avant de se rendre.

Les nouvelles arrivaient en ville ; on racontait la
conduite héroïque d'une poignée de Français venus
pour délivrer un franc-tireur pris les armes à la main,
le retour d'un prisonnier, la mort d'une ambulancière.

Un même soupçon mordit les deux mères au cœur:
Aristide, Caliste, crièrent-elles en même temps.

Malgré l'heure avancée, elles s'élancèrent dehors
pour aller s'informer elles-mêmes à l'ambulance.

Elles furent arrêtées sur le seuil par un spectacle
inattendu.

Deux hommes soulevaient entre leurs bras une jeune fille étendue sur un brancard : c'était Aristide et M. Blanchet qui ramenaient Caliste à sa mère, Caliste gravement blessée, mais vivante encore.

Les deux fermes ont été reconstruites depuis. Pendant qu'on les rebâtissait, Mme Liotard dit un jour à Caliste :

— La vie de mon Poulet t'appartient, puisque c'est toi qui l'as sauvé ; ma Blonde, veux-tu être ma fille ?

Et qu'a répondu la Blonde ?

Rien du tout ; elle a mis sa main dans celle d'Aristide avec un sourire, ce beau sourire qui avait fait rayonner un jour la vieille façade grise de l'hôpital.

MESSAGERS INFIDÈLES

Le fondateur du Dove-Club de Londres, comme qui dirait du Cercle colombophile, était un M. Samuel Parker, dont la fortune, déjà rondelette à l'époque à laquelle il avait commencé à se livrer à l'élevage des pigeons, était devenue colossale grâce à ces intéressants volatiles, quoique pas tout à fait de la manière qu'on se l'imaginait dans le public.

M. Samuel Parker était un petit homme gras, dont les cheveux roux, perpétuellement dressés comme par une secrète horreur, figuraient assez bien, au-dessus de la face rouge, une broussaille grillée par le soleil, au sommet d'un mur de brique sur lequel un petit nez tout rond se détachait comme une cerise mûre.

Les yeux verts enfoncés entre le front surplombant et la masse des joues rebondies lançaient parfois, à travers les sourcils buissonnants, des éclairs qui laissaient entrevoir des dessous inquiétants dans le placide colombophile.

L'étude la plus approfondie des habitudes de Samuel Parker n'aurait cependant pu faire soupçonner, en lui, d'autres préoccupations que celle d'un éleveur convaincu.

Il présentait des mémoires à Dove-Club sur les meilleures espèces et les meilleurs croisements ; il ne pariait que fort peu dans les concours de pigeons culbutants et les *matches* entre mondains et grands mondains, les races les plus estimées de pigeons voyageurs. Il préférait les défis purement scientifiques portés par son pigeonnier à celui de M. Claes Van Houtte d'Amsterdam, membre correspondant du Dove-Club de Londres.

M. Van Houtte était, comme Samuel Parker, absorbé dans le soin de son pigeonnier, mais il pariait peu, parlait moins encore et ne cessait de fumer.

Tout autre était son fils, M. Charles Van Houtte, grand parieur, grand voyageur, qui s'envolait sans cesse, comme la navette aux doigts du tisserand, d'Amsterdam à Paris, de Paris à Londres, et *vice versâ*.

Quel brasseur d'affaires que ce Charles Van Houtte! le vrai type des agioteurs d'alors; hardi, aventureux, et qui devait posséder quelque fétiche, car, en dépit des fluctuations de la Bourse, il gagnait presque toujours. On aurait dit qu'il était dans le secret de tous les cabinets d'Europe, et qu'il savait les nouvelles avant tout le monde, tant ses opérations étaient précises.

Son bonheur à la Bourse était devenu proverbial; on disait : avoir de la chance comme Charles Van Houtte.

Un seul homme au monde pouvait lui être comparé sur ce point : c'était William Prig, vulgairement Happy-Billy, l'heureux William, banquier à Londres et neveu de Samuel Parker.

Ce dernier gentleman n'avait pas de fils; mais il possédait une fille charmante, miss Letitia, vraie figure de keepsake, aux cheveux d'un riche *auburn* (1), aux yeux transparents, aux lèvres roses accoutumées dès l'enfance à garder un pli gracieux par la répétition mentale de certains mots, procédé immortalisé depuis par la digne Mme Général (2).

Miss Letitia, alors âgée de dix-huit ans, prenait peu de part aux travaux de son père; les pigeons étaient, pour elle, de petites bêtes très sales et qui avaient un chant ridicule.

Un fils n'aurait pas été plus attentif pour son père que ne l'était Billy-Prig pour William Parker; il arrivait tous les matins à heure fixe, monté sur son grand cheval bai, il entrait dans le cabinet de son oncle, se laissait tomber sur un fauteuil, toujours le même, allumait un cigare et attendait patiemment que le fondateur du Dove-Club eût fini de nettoyer le colombier et de donner la nourriture à ses pigeons, deux soins dont il ne permettait à personne de s'acquitter à sa place.

Au premier coup de dix heures, M. Parker apparais-

(1) Un roux particulier.
(2) Personnage d'un roman de Dickens.

sait, aussi ponctuel que les petits faucheurs des cou-
cous allemands.

— Bonjour, Billy.

— Bonjour, oncle.

— Comment va, mon garçon ?

— Et vous, vieux camarade ?

Samuel Parker souriait, s'informait si Mademoiselle était prête ; la vieille femme de charge répondait
que Mademoiselle était déjà assise à la table à thé.
Les deux hommes passaient alors dans la salle à
manger où ils faisaient disparaitre, comme par une
sorte de défi tacite et muet, des quantités considé-
rables de jambon et de bœuf froid. Miss Letitia com-
blait d'impertinences son cousin qui répondait à ses
agaceries par un regard endormi et retournait aux
victuailles.

— Et les pigeons, oncle ? ne manquait jamais de
dire Billy, vers la fin du déjeuner.

— Toujours la même chose, répondait générale-
ment M. Parker.

Quelquefois pourtant, la réponse variait ; l'oncle
disait : « Ils volent de plus en plus haut », ou : « Leur
vol s'abaisse. »

Satisfait du renseignement, Happy Billy remontait
à cheval, regagnait Londres et s'enfermait jusqu'à
l'heure du dîner, c'est-à-dire jusqu'à deux heures,
dans les bureaux de la maison William Parker et Cᵒ.

Entre parenthèses, personne n'avait jamais réussi

à connaître ce ou ces C°. Quels qu'ils fussent, la maison était avantageusement connue sur tous les marchés d'Europe, faisait beaucoup d'affaires et avait
pour correspondants sur le continent MM. Charles
Van Houtte et Cie.

Il était dit que Charles Van Houtte aurait de la
chance en toute chose; la première fois qu'il se pré-
senta chez l'émule de son père, il fit tout de suite une
grande impression sur Miss Letitia, dont les grâces le
subjuguèrent non moins rapidement, si bien que tous
deux se mirent à roucouler à l'unisson, comme les
plus tendres ramiers des colombiers paternels.

Il semblait que Claes et Samuel dussent approuver
des deux mains et de tout cœur l'union de leurs deux
familles. Il en fut pourtant autrement : tous deux
avaient formé d'autres projets, ils refusèrent d'ac-
quiescer à ceux de Miss Letitia et de Charles.

Les jeunes gens se jurèrent une immuable fidélité.

Miss Letitia était d'humeur épistolaire, cela va
sans dire : les jeunes demoiselles romanesques ont
toujours aimé à épancher leur cœur dans d'intermi-
nables épîtres.

La poste eut fort à faire pendant un temps pour
transporter les messages éplorés qu'échangeaient les
deux fiancés ; mais, un beau jour, M. Parker s'inter-
posa et supprima la correspondance en même temps
que Claes Van Houtte supprimait les voyages de son
fils à Londres.

Billy fut dès lors chargé de faire la navette en compagnie de paniers remplis de pigeons de toute espèce, dont M. Van Houtte avait besoin pour ses expériences sur les mérites respectifs des races voyageuses et l'ouvrage dans lequel il avait entrepris de réfuter la classification de Lesson d'après laquelle les races domestiques, toutes issues du bizet ou pigeon de roche, s'élèvent à quatorze, tandis que Buffon en reconnaissait seulement onze.

Il va sans dire qu'au retour, il avait toujours un nombre de paniers non moins considérable à enregistrer à l'embarquement, M. Claes Van Houtte ne manquant jamais de répondre aux politesses de M. Parker par d'autres.

Il ne pouvait du reste faire autrement : pour recevoir des messages de Londres, il fallait bien qu'il y envoyât des pigeons arrachés à leur famille au temps où leurs petits en bas âge ont encore besoin de leurs soins. Le pigeon est monogame et très attaché à sa famille ; sa tendresse conjugale et paternelle jointe à la surprenante mémoire locale qui lui permet de retrouver sa demeure, de si loin qu'on l'y renvoie, est le motif qui l'a fait prendre pour messager depuis une antiquité assez reculée.

Ceci dit pour ceux de nos lecteurs qui ne seraient pas au courant des mœurs pigeonnières, nous reprenons le cours des aventures de M. Parker et de son ami et confrère Claes Van Houtte d'Amsterdam.

Tout à coup, cessant de considérer les pigeons comme de petites bêtes très sales, Miss Letitia se prit pour eux d'un amour égal à celui de son père.

C'était au printemps de l'année 1847, Billy avait apporté d'Amsterdam une cargaison sans pareille : *bizets* de race pure, bleu cendré, avec les côtés du cou d'un vert chatoyant, le croupion blanc et une double bande noire sur l'aile; *grands mondains* gros comme des poules; *mondains pattus, petits mondains* renommés par-dessus tous les autres comme messagers; *grosse-gorge*, se faisant une espèce de goitre presque aussi volumineux que leurs corps, en accumulant l'air dans leur gorge dilatée; *culbutants et tournants* au vol bizarre; *trembleurs*, perpétuellement agités de mouvements convulsifs; *nonnains*, coiffés d'un capuchon qui leur descend jusqu'aux épaules; *polonais* à bec court; *romains* à joues nues; *turcs* à bande caronculée au-dessus du sourcil, et *bayadais* à bec crochu : toute la tribu au grand complet. Plus, dans une petite cage particulière, fermée et scellée d'un cachet, deux tourterelles de Barbarie ou tourterelles rieuses, de ce joli gris rosé qui a pris leur nom, et avec un collier noir sur la nuque.

Ce dernier envoi était fait à Miss Letitia par Charles Van Houtte, à qui la passion des pigeons était venue subitement pendant un séjour qu'il avait fait en Amérique. Charles avait, en outre, remis à Billy un long mémoire sur la colombe voyageuse d'Amé-

Un chat s'était glissé jusqu'au nid.... (Page 155.)

rique et ses migrations extraordinaires, mémoire
que M. Parker était prié de communiquer au Dove-
Club, si toutefois il le jugeait digne de l'être.

L'auteur, considérant que les migrations de la
colombe voyageuse s'effectuent entre le vingtième
et le soixantième degré de latitude nord, concluait
à la possibilité d'acclimater l'espèce en Europe, où
elle ne tarderait pas à supplanter le bizet dans les
fonctions de messager.

Il terminait en déclarant qu'il était résolu à retourner prochainement en Amérique, afin d'y poursuivre
l'étude des espèces américaines de gallinacés colom-
bidés, que le vulgaire appelle tout simplement des
pigeons.

Fort aise de cette nouvelle, M. Parker ne manqua
pas d'en faire part à sa fille, dans l'espoir que l'absence de son fiancé vaincrait la résistance opposée
par Miss Letitia à son mariage avec William Prig de
la maison William Prig et C° de Londres.

A la grande surprise de son père, la jeune fille fit
éclater autant de joie que d'admiration en écoutant
la lecture du savant mémoire destiné au Dove-Club.

— C'est très, très intéressant ! s'écriait-elle, la
bouche en cœur avec un joli mouvement de tête pour
dégager son visage des boucles soyeuses qui le voi-
laient à demi. Très, très intéressant, je n'aurais
jamais cru ; maintenant, je pense que j'aimerai aussi

beaucoup les pigeons. De quel pays sont ces tourterelles, Billy, cher ?

— D'Amsterdam, sans doute, puisque c'est
Charles qui les envoie, grogna M. Prig.

— J'ai peur que Billy ne se connaisse pas beaucoup en pigeons, cher papa, fit Miss Letitia avec son
plus doux sourire ; et elle emporta les tourterelles
dans son appartement, où elle les installa dès le lendemain, dans une cage dorée, en forme de pagode,
ornée d'une multitude de houppes de soie multico-
lores, de l'effet le plus bizarrement laid que pût imaginer une Anglaise.

Les petites tourterelles, ou, plutôt, les billets
qu'elles portaient, attachés sous leurs ailes, appri-
rent à Miss Letitia plusieurs secrets dont la jeune
personne ne se doutait même pas.

Par exemple : que les deux célèbres pigeonniers
n'étaient que les annexes de deux maisons de banque
dont les associés en noms, MM. Charles Van Houtte
d'Amsterdam et William Prig de Londres, jouaient le
rôle humiliant d'hommes de paille à l'égard des vrais
propriétaires Claes Van Houtte et Samuel Parker ; que
les échanges réguliers de messages par pigeons, loin
d'être faits en vue de recherches scientifiques, avaient
pour but la transmission de nouvelles financières et
politiques dont la rapide réception permettait aux
deux confrères de spéculer à coup sûr, de sorte que
si leurs pigeonniers les avaient enrichis, comme on

le disait communément, ce n'était que par ricochet.

Puis M. Van Houtte fils passait à un autre sujet ; il parlait des douleurs de l'absence, de son affection inaltérable, et faisait espérer à Miss Letitia que leurs pères barbares permettraient enfin leur union.

En attendant, il leur serait facile de correspondre en employant le chiffre des banquiers et leurs messagers ordinaires ; il n'y avait qu'à remplacer les dépêches paternelles par d'autres rédigées de telle sorte que chacun pût en appliquer le sens à ses affaires personnelles.

Charles était sûr de réussir de son côté. Letitia n'avait qu'à bien manœuvrer du sien, et tout marcherait à souhait.

On comprend maintenant, d'où venait la subite assiduité de la jeune fille auprès des élèves de son père.

La semaine suivante, M. Parker reçut une dépêche ainsi conçue :

74xynt3xyn52xyz. xym2xym2. xyj25. xyt45xyt. xyv-1632xyn.

Ce qui signifiait: Continuez même jeu, tout va bien.

— Eh bien! oncle, et les pigeons? demanda Billy après déjeuner.

— Vol soutenu, toujours dans le même sens, répondit M. Parker.

Happy-Billy fit, ce jour-là, l'étonnement de toute la gent boursicottière de Londres, car, seul de tous les spéculateurs en vue, il continua de jouer à la hausse.

C'était un jeu peu prudent en raison des nuages qui s'élevaient à l'horizon politique, sur plusieurs points de l'Europe ; mais comme l'audace de William Prig avait presque toujours été couronnée de succès, on attendit avant de le blâmer tout haut.

Vers cette époque, il se produisit, dans le pigeonnier, un événement dont Samuel Parker, superstitieux comme la plupart des joueurs, fut désagréablement frappé. C'était peu de chose en réalité, aussi n'y pensa-t-il plus au bout de quelques jours, mais il se le remémora plus tard, en se reprochant de n'avoir pas tenu plus de compte d'un de ces présages d'après lesquels les adorateurs du dieu Hasard ont coutume de régler leurs actions, en dépit du raisonnement et du bon sens.

Peut-être Letitia avait-elle laissé la porte entr'ouverte, peut-être l'animal féroce s'était-il introduit par une déchirure du grillage restée jusqu'alors inaperçue ; toujours est-il qu'un chat, un horrible chat noir, avec des yeux verts comme la pâle émeraude appelée béryl, s'était glissé jusqu'au nid où venait de rentrer un des messagers d'Amsterdam.

Dans la lutte soutenue par le pigeon pour défendre sa femelle et la couvée vers laquelle il avait volé de si loin par-dessus la mer, la dépêche apportée par le messager ailé avait été lacérée à ce point qu'il était devenu impossible d'en retrouver le sens.

Le nid avait été renversé ; les deux petits, tombés à

terre, s'étaient presque tués dans leur chute; la mère était blessée de plusieurs coups de griffes, le père, un *mondain* de la race la plus pure, n'avait pas trois plumes de reste sur le corps, un de ses yeux pendait, sanglant, hors de l'orbite, et le dommage aurait pu être plus grand encore, si M. Parker n'était survenu à temps

Il fit réparer le grillage, combina, pour la porte, un système de contrepoids qui la fermait automatiquement, réclama, toujours par pigeon, un duplicata de la dépêche perdue, puis reprit, aussi régulièrement qu'auparavant, sa correspondance aérienne, ses déjeuners quotidiens avec Happy-Billy et la lecture de ses mémoires à Dove-Club.

William Prig jouait toujours à la hausse, à l'évidente stupéfaction des spéculateurs qui rentraient leurs capitaux en prévision d'événements graves trop faciles à prévoir.

Les dépêches d'Amsterdam se précipitaient : on ne voyait plus que pigeons s'abattant sur le colombier Parker.

Il en arrivait le matin, à midi, le soir, et toujours avec cette recommandation :

— Continuez même jeu.

Une dernière ajoutait : « Manque pigeons, envoyez paniers. »

Billy partit donc pour Amsterdam ; il y trouva Claes, le Hollandais placide, presque aussi nerveux qu'un Français.

—On ne fait que suivre vos avis, là-bas, dit Billy

— Mais pas du tout ! répondit Claes.

— Mais si !

— Mais non !

— Alors, c'est que le vieux camarade ne connaît plus le chiffre.

C'était toujours le même, et M. Van Houtte ne pouvait comprendre que son associé s'obstinât à compromettre la banque par des opérations inconsidérées.

— Si nous changions le chiffre ? proposa Charles Van Houtte, peut-être que nos dépêches sont falsifiées en route.

—Pas possible, répondit flegmatiquement son père.

M. William Prig pensa faire éclater ses côtes à force de rire à l'idée qu'on pût attraper un pigeon au vol pour substituer une dépêche à celle qu'il portait.

Finalement, M. Claes Van Houtte donna à M. Prig des instructions non moins minutieuses que confidentielles, et lui fit jurer de régler fidèlement ses opérations de Bourse sur les dépêches, rien que sur les dépêches.

Que diable ! ce n'était pas la peine d'entretenir à grands frais des pigeonniers et de passer sa vie à correspondre pour faire encore plus de sottises que les autres.

Billy partit, emportant des pigeons hollandais en échange des anglais qu'il avait apportés.

Marché calme, les jours suivants : la maison

William Prig et C° venait de prendre une attitude. expectante. Sans se jeter tout d'un coup à la baisse, ce qui aurait entraîné des perturbations graves dans les affaires, elle se bornait à restreindre son élan.

Au bout d'un certain temps, reprise des dépêches et reprise des affaires de la Banque à la hausse, bien entendu, la première dépêche disant : « Pas de timidité, choses d'Amérique donnent grandes espérances, nos actions montent ; de l'audace, encore de l'audace, toujours de l'audace. Comme par le passé, *for ever* ! »

Miss Letitia comprit par là que Charles lui portait la même tendresse et que le voyage projeté ne manquerait pas de s'accomplir.

Nouvelles dépêches le lendemain et le surlendemain et les jours suivants, mais très laconiques et portant seulement :

Bravo ! continuez. »

Si bien que Billy continuait.

— Décidément, Parker devient fou ! s'écria M. Van Houtte un matin en lisant le bulletin de la Bourse de Londres, et il envoya son fils pour qu'il vît de ses yeux ce qui se passait en Angleterre et prît au besoin la direction de la banque.

M. Van Houtte fils devait envoyer des nouvelles à son père aussitôt qu'il aurait pris une connaissance exacte de l'état des choses. Claes attendit donc assez patiemment pendant quelques jours.

La première dépêche écrite de la main de Samuel

Parker ne laissa pas de le surprendre un peu. Le pré-
sident de Dove-Club n'avait pas pris la peine de recou-
rir au chiffre habituel; il avait simplement tracé d'une
écriture fiévreuse les quelques lignes suivantes :

— Vous nous avez ruinés par vos ordres insensés ;
la banque suspend ses paiements aujourd'hui. Billy
est parti, votre fils et ma fille aussi.

— J'en étais sûr, murmura le calme Hollandais en
secouant la tête. Parker est devenu fou, j'espère bien
que mon fils ne manquera pas de le faire enfermer
pendant qu'il est là-bas.

Un battement d'ailes se fit entendre au-dessus
du pigeonnier : c'était un autre messager porteur
d'autres nouvelles, émanant, cette fois, de M. Van
Houtte fils.

« Je pars en Amérique, j'emmène Letitia à laquelle
je suis uni par les liens sacrés du mariage ; les dépêches qui depuis quelque temps ont troublé les affaires
de Prig et Cᵒ n'étaient adressées en réalité qu'à Letitia,
afin de la tenir au courant de nos affaires ; c'est moi qui
les substituais tous les jours aux vôtres. Pardonnez-
nous, vous n'êtes pas ruiné ; je jouais en sous-main
un jeu contraire à celui de Billy ; j'ai donc bénéficié
de ce qu'il a perdu. L'Amérique est un pays neuf,
ardent aux affaires ; vos capitaux y fructifieront
mieux qu'en Europe ; soyez sans crainte à ce sujet,
et sans inquiétude sur vos enfants. Je vous écris à
bord du *Black-Prince*, en route pour New-York. »

Nous renonçons à décrire la stupéfaction de Claes Van Houtte qui n'avait d'égale que la fureur de Samuel Parker.

La Révolution de février, qui éclata moins d'une semaine après ces événements, le départ précipité de William Prig, la précaution qu'il avait prise d'emporter le peu de valeurs restant en caisse, probablement pour simplifier les comptes, tout cela n'était rien auprès de la nouvelle extraordinaire de la vente des deux pigeonniers célèbres de Samuel Parker et de Claes Van Houtte.

L'une et l'autre attirèrent des amateurs de tous les points d'Europe ; les enchères furent poussées avec acharnement et s'élevèrent à des sommes fabuleuses.

L'enthousiasme fut tel que les deux compères virent leur fortune refaite, en partie, par les pigeons qui les avaient aidés à se ruiner. Ils n'en persistèrent pas moins à considérer ce mode de correspondance comme défectueux, ce qui les porta à encourager le télégraphe électrique dont les progrès ont fait complètement abandonner les pigeons par les banquiers qui désirent combiner leurs efforts sur les marchés de France, d'Angleterre et de Hollande.

TABLE DES MATIÈRES

Poitiers. — Typorgaphie Oudin et Cie.

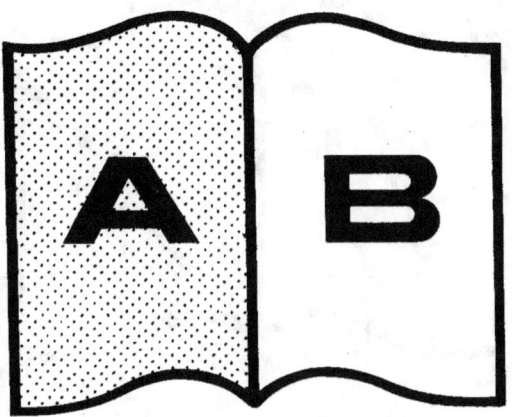

Contraste insuffisant

NF Z 43-120-14

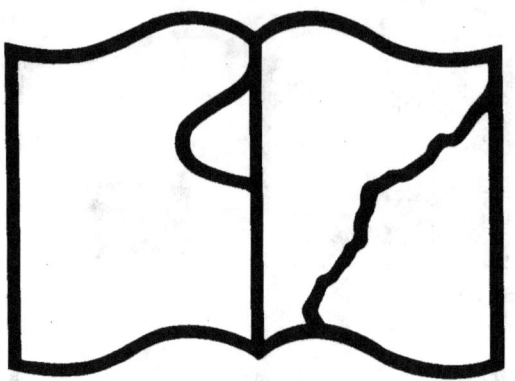

Texte détérioré — reliure défectueuse

NF Z 43-120-11